69 POEMAS E ALGUNS ENSAIOS

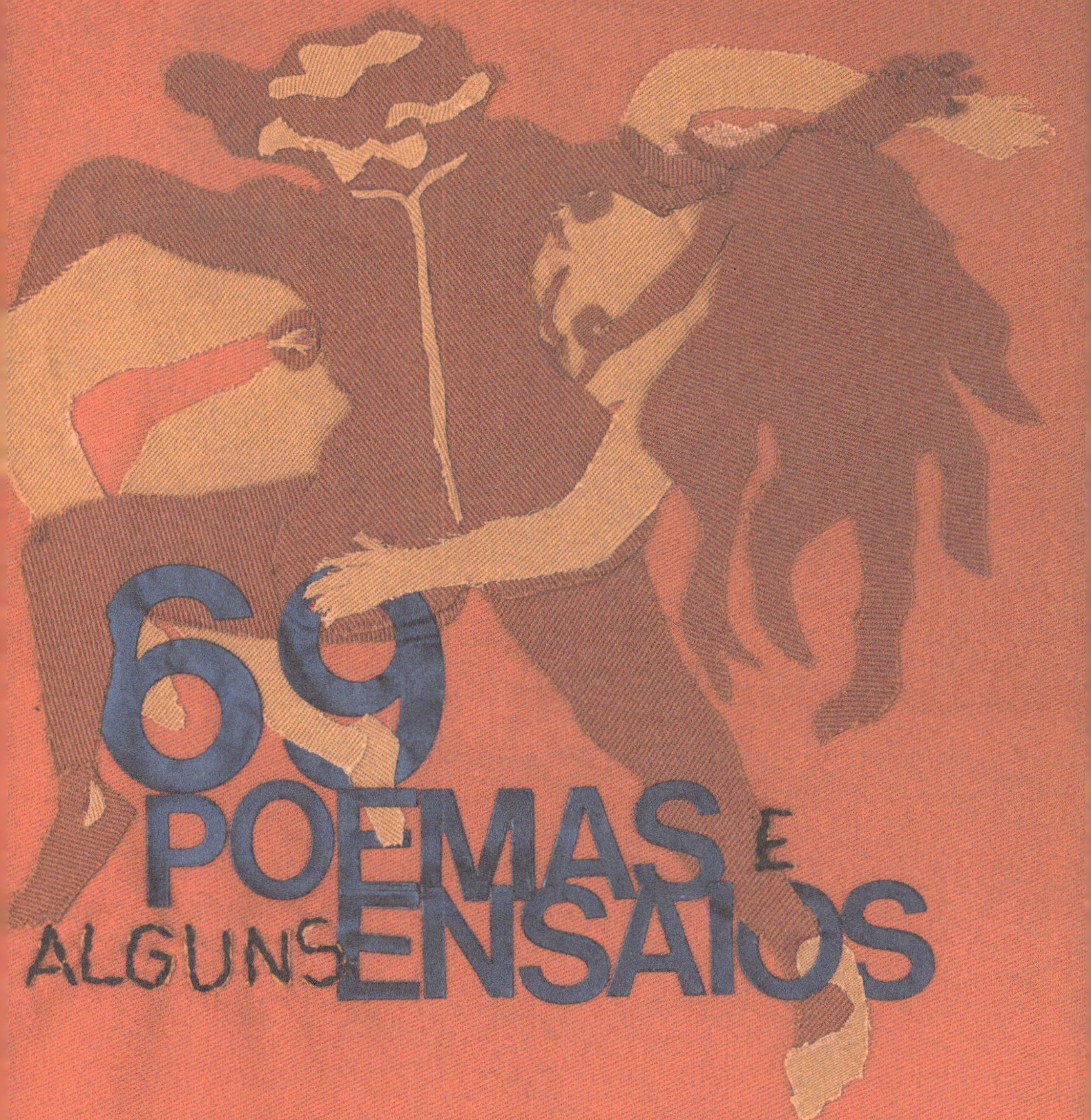

69
POEMAS E
ALGUNS ENSAIOS

Organização
Raquel Menezes

Ilustração
Clara Zúñiga

jandaíra

© Oficina Raquel, 2020

Editores
Raquel Menezes e Jorge Marques

Assistente editorial
Yasmim Cardoso

Revisão
Yasmim Cardoso

Capa, projeto gráfico e tratamento de imagens
Leandro Collares – Selênia Serviços

Organização
Raquel Menezes

Apoio curatorial
Mulheres que Escrevem (MQE)

Ilustração
Clara Zúñiga

Créditos imagem das páginas 60 e 61v: Aline Müller.

DADOS INTERNACIONAIS PARA
CATALOGAÇÃO NA PUBLICAÇÃO (CIP)

S493	69 poemas e outros ensaios / organizado por Raquel Menezes ; ilustrações de Clara Zúñiga. – Rio de Janeiro : Oficina Raquel, 2020. 144 p. : il. ; 21 cm. ISBN 978-65-86280-24-1 (Oficina Raquel). – ISBN 978-65-87113-09-8 (Jandaíra) 1. Poesia erótica brasileira I. Menezes, Raquel II. Zúñiga, Clara. CDD B869.1 CDU 821.134.3(81)-1-993

Bibliotecária: Ana Paula Oliveira Jacques / CRB-7 6963

 jandaíra

www.oficinaraquel.com.br
@oficinaeditora
oficina@oficinaraquel.com
www.editorajandaira.com.br

Sumário

precisamos, mais do que nunca, falar de poesia e gozo [11]
Raquel Menezes

agradecimentos [14]

anarcobucetalismo: feminismo e pornografia [17]
Adelaide Ivánova

**a mulher que goza é uma mulher marginal:
lendo literatura erótica** [27]
Isadora Sinay

consentimento [33]
Adelaide do Julinho (SP)

flamboyant [34]
Adelaide do Julinho (SP)

o cavalo [35]
Adelaide Ivánova (PE)

pornô-poética [37]
Ana Kiffer (RJ)

eu vou te pegar [42]
Ana Rüsche (SP)

a festa de j. [43]
Ana Rüsche (SP)

vulva! [44]
Ara Nogueira (RJ)

entre o sexo, úmidas [46]
Ayla Andrade (CE)

cachoeira [48]
Bruna Escaleira (SP)

roleta russa [49]
Bruna Kalil Othero (MG)

antropofálica [50]
Bruna Kalil Othero (MG)

poema escorpiano [52]
Carolina Luisa Costa (RJ)

depois das seis [54]
Cecília Floresta (SP)

das mãos dele [55]
Cristiane Sobral (DF)

da vez primeira que amei meus anelares [56]
Dani Balbi (RJ)

cheesecake sem cereja [57]
Érica Zíngano (CE)

uma nectarina [62]
Estela Rosa (RJ)

seu cheiro de uva pisada [63]
Eveline Sin (RN)

spotify [64]
Gabriela Farrabrás (SP)

semanário ou o tempo da delícia [66]
Geruza Zelnys (SP)

inolvidable [67]
Helena Zelic (SP)

caio [69]
JANAÚ (RJ)

via sacra [70]
Jorgeana Braga (MA)

poema solto [72]
Jorgeana Braga (MA)

direção [73]
Julia Raiz (SP)

o leão [74]
Lila Maia (MA)

manual pornodidático para homens – uma amostra [75]
Lilian Sais (SP)

rapunzel contemporânea [77]
Lindevania Martins (MA)

nem vem [78]
Lizandra Magon de Almeida (SP)

dentro [80]
Lúcia Santos (MA)

gosto [81]
Lúcia Santos (MA)

pouco caso [82]
Lúcia Santos (MA)

poucas chances [83]
Maíra Ferreira (RJ)

ah! não Posso [85]
Maria Firmina dos Reis (MA)

confissão [86]
Maria Firmina dos Reis (MA)

uma tarde no cuman [88]
Maria Firmina dos Reis (MA)

por isso inventaram os quartos [89]
Maria Isabel Iorio (RJ)

o pêssego [90]
Maria Lúcia Dal Farra (SP)

lesbos [92]
Mariana Paim (BA)

iii [93]
Mariana Queiroz (MT)

feito bicho [98]
Marília Floôr Kosby (RS)

tatame [99]
Micheliny Verunschk (PE)

quando meu corpo quedar sobre o teu [101]
Mikaelly Andrade (CE)

com uma mistura de devoção [102]
Mikaelly Andrade (CE)

tem calma que esse balanço [103]
Mikaelly Andrade (CE)

aproximações amorosas [104]
Natalia Borges Polesso (RS)

números [106]
Natasha Félix (SP)

s&m [110]
Natasha Félix (SP)

micro. [112]
Nina Rizzi (SP/CE)

de todas as tragédias [113]
Pâmela F. Filipini (RO)

esganada [114]
Pilar Bu (SP)

s/título [115]
Ravena Monte (CE)

a vida nos vulcões [116]
Rita Isadora Pessoa (RJ)

roma [117]
Roberta Ferraz (SP)

comum de dois [118]
Sandra Regina (SP)

diria [119]
Sara Síntique (CE)

la habana, enero 2017 [121]
Sara Síntique (CE)

as moças [122]
Simone Brantes (RJ)

pote [123]
Simone Brantes (RJ)

brisa [124]
Sofia Mathias (SP)

orgasmo do mar [125]
Sofia Mathias (SP)

o que é o esclarecimento? [126]
Taís Bravo (RJ)

mulher tocando [127]
Tatiana Pequeno (RJ)

assinatura [128]
Tatiana Pequeno (RJ)

nos seus dedos [130]
Thalita Coelho (SC)

proposta [131]
Yasmin Nigri (RJ)

as autoras [134]

precisamos, mais do que nunca, falar de poesia e gozo

Raquel Menezes

Uma antologia, 69 poemas, 2 ensaios e lindíssimas ilustrações é o que te espera nas páginas a seguir. Entendendo que precisamos falar de sexo, de sexualidade, de feminino e de feminismo em modo contínuo, pensamos em reunir orgasmicamente esta mulherada que fala de seu corpo e de tantos corpos, inclusivamente do corpo poético.

Resultado de uma campanha de financiamento coletivo do Catarse, este projeto é possível porque muitas vozes se uniram em um gesto de escrita. A Oficina Raquel teve a ideia, chamou o coletivo Mulheres que Escrevem para apoiar a curadoria, vimos a necessidade da coletânea ganhar força com ilustrações e Clara Zúñiga entrou com seus bordados e colagens. Por fim, chegou com novo nome a Jandaíra, para coeditar conosco.

E agora, finalmente, estamos lançando libidinosamente esta Antologia Erótica para que você, leitor, conheça o que esse corpo feminino coletivo escreveu e desenhou sobre sexo, erotismo, pornografia, sobre liberdade de estar e ser com seu próprio corpo.

agradecimentos

Adelaide Strapasson
Adriana Laurindo
Adriana Otilia Mondadori Soares
Alanna Ajzental e Camargo
Alê Maia
Aline Brito
Amanda de Carvalho Lopes Silva
Ana Audebert
Ana Beatriz Schikowski
Ana Bolena
Ana Paula Lima Ferreira
Andrea Iensen Mazza
Anna Carolina Rodrigues
Anna Faedrich Martins Lopez
Antonio Carlos Ramão
Barbara Rufina
Beatriz Hildebrand Comin Alves de Oliveira
Beatriz Rosa Garcia
Beatriz Souza
Beatriz Souza
Bianca Virgínia Caminha de Amorim
Bruna Kalil Othero Fernandes
Bruno Bonsanti
Camila Americano Lanhoso
Camila Perlingeiro
Camila Soares Lippi
Carlos Lunna
Carolina Peters
Carolina Sette Pereira
Carolina Sumie Ramos
Cintia Cristina Rodrigues Ferreira
Cris Lyra
Cristine Aurieres Tellier
Daniel de Abreu

Danielle Magalhães
Daniely C S Alves
Dariane Morais
Diana Pilatti
Eduardo Gonçalves
Eduardo Ribas
Elenara Stein Leitão
Elisa Helena Tonon
Eny Hertz Bittencourt
Estévenson Chaves de Melo
Flora Bazzo Schmidt
Francislaine Albuquerque
Frederico Spada Silva
Gabriela Silva
Gilzoide
Gisela Maria de Castro Teixeira
Guilherme Grané Diniz
Helen Pinho
Hugo Caetano
Isabela Anzolin
Isabela Lemos de Lima Cascão
Isabela Mena
Isadora Pileggi Perassollo
Isadora Sinay
Izabel Lima
Jamile de O. Gonçalves
Jéssica da Silva Carvalho
João Gabriel Arato Ferreira
Joilson Viana
José Maria Soares
Julia Bardi
Julia Ferry
Juliana Gouveia
Juliana Mont Alverne Flores
Juliana Passos

Katharina Borges
Katia Mantovani
Laetitia Valadares
Larissa Rodrigues da Silva Cosendey
Laura Juliani Mollo
Laura Orciuolo
Laura Zúñiga
Leonardo Neto
Lethycia Santos Dias
Lets Vendrame
Liana Albernaz Bastos
Lindevania Martins
Lívia Aguiar
Lívia Andrade
Lívia Furtado
Livia Perez
Luci Rivka Ramos Mendes
Luciana Borges
Luciana Moraes
Luciana Pozzebon
Luciana Soares
Lucilene Canilha Ribeiro
Luis Augusto Gonçalves Gomes da Silva
Luisa Dalla Valle Geisler
Luise Castro Borges
Luiz Guilherme da Cunha Richard
Marcelo Scrideli
Marcos Faria
Margarete Schmidt
Mariah Queiroz Costa Silva
Mariana Carolina de Assis
Mariana Paim
Mariana Radicchi
Mariana Velloso
Marina Imamura
Michele Ramos
mtk
Nanda Barreto
Natália Schimidt
Oran Takezo M. Kalil
Patricia Cardoso
Patricia Nakata
Paula Davies Rezende
Paula Roméro Cajaty Lopes
Pedro Lerner Garcia
Priscilla Matsumoto
Priscilla Menezes
Priscilla Panizzon
Raphael Saraiva Ribeiro Zecchin
Renata Del Vecchio Gessullo
Renata Kotscho Velloso
Renata Moraes
Rosemeire Carbonari
Samantha Silveira
Saulo Ceolin
Silvana Guimarães
Sofia Soter Henriques
Su Carvalho
Sylene Del Carlo
Taís Coppini
Taize Odelli
Tamara Rothstein
Thais Viyuela
Thayara Formigari
Thays Mielli
Thiago D. Melo Lima
Tomaz Adour – Editora Vermelho Marinho
Valéria Cantão
Valeria Motta
Vanusa Maria de Melo
Verônica Ramalho
Vinícius Sáez
Willian Vieira
Winnie Affonso
Yara Gonçalves Manolaque
Zuza Zapata

anarcobucetalismo:
feminismo e pornografia

> *"[...] e se a gente fizesse um zine anarcobucetalista de poesia pornô? Porque né, a gente precisa de mais pornô por favoooor!"*
>
> Adelaide Ivánova

A história do zine Mais Pornô, Por Favor! (MPPF!), criação da poeta Adelaide Ivánova, se inicia em dezembro de 2016, a partir de uma conversa com o artista visual Aslan Cabral. Em sua primeira edição, a publicação surge como uma performance para a Festa das Águas (PE), com tiragem de apenas 30 exemplares e, nas palavras de Adelaide, "uma capa horrorosa, um editorial meio abestalhado e poemas incríveis de Rita Isadora Pessoa, Hilda Hilst, Allen Ginsberg, Catulo, Audre Lorde, Rihanna, Jaime Gil de Biedma, Kaváfis, Anne Sexton, Maria Gabriela Llansol e inéditos de Rafael Mantovani e Ricardo Domeneck".

Mas o que começou como uma ideia isolada logo se tornou um projeto e mobilizou muitos artistas para pensar a pornografia. Depois do lançamento do número 2, Bella Valle, cofundadora do coletivo feminista *Deixa ela em paz*, questionou a fundadora sobre a contradição de a publicação, editada por uma feminista e com pretensões revolucionárias, trazer a palavra "pornografia" em seu nome. Para Adelaide, a pergunta de Bella foi mais que pertinente e, a partir dela, chegou-se à descrição oficial do zine: *o MPPF! é um zine independente, anarcobucetalista, que se apropria do termo "pornografia" para espalhar no mundo poesia erótica queer e feminista (em brasileiro, em português e em tradução), com o objetivo de torcer a lógica misógina, sexista, transfóbica, homofóbica e capitalista do pornô mainstream.*

Assim, os editoriais do MPPF! são monumentos de questões e reflexões sobre pornografia, feminismo e política, que o termo anarcobucetalismo busca apreender de uma só vez. Para dar conta de expressar o importante trabalho de ampliação do conhecimento da poesia contemporânea fora do "eixo" e de criação de redes de conexão entre poetas mulheres, selecionamos quatro desses editoriais, como documentos-testemunhas da história que se escreve no presente.

Mais Pornô, Por Favor #2 | Lori Regattieri

A transa política: o desejo de fazer viver ou para onde vai a festa?

> "Todos os rios levam a sua boca."
> José Leonilson

    A insurgência dos corpos está nas ruas, nos afetamos politicamente pelo tesão dos encontros. Transar é irrupção [elemento mudador do mundo], assim como o é acordar junto. A felicidade do dia seguinte [para falar com Foucault e de sua economia dos prazeres]. Os corpos despertos para um uso ético-político: para onde a festa leva? Acordar junto também é revolucionário, um tanto como a quentura das ruas, dos becos, dos banheiros sujos, da deriva. As ocupações das escolas e das universidades, a perambulação em seu devir-encontro [agenciar tantas outras conexões]: delirar outros graus de existência. Melhor dizendo: ninguém suportando mais as amarras, as prisões identitárias, as celas carcerárias, a claustrofobia dos lugares conformados, somente afetação para o transbordamento. A transa mais do que isso, a transa convocatória para a multiplicação dos movimentos. A transa-emoção!

    Um encontro explosão. Castiel na bio grita para o mundo: "namoral eu não kero fãs, kero amigas que chupem meu cu de vez em quando". Não me curvo, não me culto. Essa cura me cruzou. Não foi à toa, tiveram que atuar juntos para impedir nossa algazarra festiva e transante. O território de lutas instaurou na variação dos sexos, no tesão de ser vivente e no desejo em circulação incorporados em um outro chão; nele o confronto é inerente, não no sentido triste que diminui as nossas paixões, nesse chão as forças convergem para o infame e é da onde tudo se torna inominável. Ágil.

Transar: estratégia de resistência ao modo de ocupação dos nossos corpos pelo capitalismo. Nos disseram que o mundo ia acabar [por um fim "nesse" mundo pediu Denise Ferreira da Silva] – corpos mortificados e adoecidos – ressurgimos num tanto de dor, prazeres, delírios, desvios: decidimos ocupar tudo. Saímos às ruas, fomos tomados de assalto pela vontade de viver – abaixo de nós tudo possível. Estamos desgarradas, escute ali e aqui o que há de vibrante e inaudível. Como disse Ana Kiffer, em texto sobre a escrita plástica-poética em Artaud, "toda possibilidade de representação da força deriva de uma possibilidade de flagrar o tremular de um corpo, resultado inicial do contato de um corpo com outro corpo, como, por exemplo, do fogo com o ar. A força é o resultado desse encontro". A transa joga nos movimentos políticos uma outra lógica, pois de vital conjuga velocidades insubordináveis à captura.

A última fronteira de conquista dos colonizadores está nessa borda. O arremate dos relógios é anticolonial. Basta de civilização, dos carros de polícia em velocidade e da pátria mortificada. Vem das nossas festas esse tremor. E esse suor ninguém me tira. São esses encontros radicais [sem uma elevação fantasiosa] –, mas equivocados em sua não captura por sistema algum de homologação e formatação. É um reset. Didi-Huberman escreveu: "talvez não haja nada melhor do que uma festa tradicional para difundir os desejos e até mesmo as palavras de ordem de um levante." E, talvez por essa razão, o próximo carnaval seja tão esperado pelo seu mínimo gesto de errância, por sua potência erótica de constituição de um campo político: ecoar no suador dessa experiência limite à derrubada dos poderes. O caos atmosférico dos atrasos dos salários, do aumento tarifário, das medidas protofascistas, dos militares nas ruas estão nos atravessando como uma faca de ponta aguda. Exultar o tesão nesse contexto é combater as forças do débito, estancar a sangria e fazer desobediência.

MAIS PORNÔ, POR FAVOR! Todas as dores na transa-emoção [transa (é) moção], reivindicamos a existência.

Com votos de tesão & insurgência,
lori regattieri

Mais Pornô, Por Favor #3 | Carol Almeida

Mulheres que lambem mulheres começam revoluções. Que este zine seja, portanto, o coquetel molotov a contaminar o mundo com a umidade que escorre entre as pernas. Que, na posse desses poemas, paredes rachem e as rachas passem. Selecionar os versos das próximas páginas foi assim uma tarefa de frente de combate. Buscamos mulheres poetas de todo o Brasil e algumas outras de fora para que, juntas, elas cubram sobre nossos corpos com as duas ferramentas que mudam tudo: potência e tesão.

A potência difícil de conter quando se dá de cara com as palavras "boceta", "buça", "vulva". O tesão que move montanhas quando cai no colo uma ideia tão política e forte quanto "siririca". Tudo isso em poemas que, tal como as mulheres que os escrevem, não poderiam ser mais diferentes entre si. Se juntos eles reclamam intransigentemente pelo gozo, separados eles exibem formas e premissas muito distintas, ora irônicas, ora parnasianas, ora doloridas, ora extasiadas. Mas todas deliciosamente pornográficas: **Audre Lorde** (EUA, 1934-1992), **Nayane Nayse** (Afogados da Ingazeira, PE, 1995), **Katia Borges** (Salvador, BA, 1968), **Cheryl Clarke** (EUA, 1947), **Jarid Arraes** (Juazeiro do Norte, CE, 1991), **Sóror Juana Inés de la Cruz** (México, 1651-1695), **Ravena Monte** (Iguatu, CE, 1989), **Cecília Floresta** (São Paulo, SP, 1988), **Simone Brantes** (Nova Friburgo, RJ, 1963), **Gabriela**

Pozzoli (São Paulo, SP, 1991), **Pat Parker** (EUA, 1944-1989), **Jéssica Rosa** (Itaíba, PE, 1989), **Gabriela Mistral** (Chile, 1889-1957), **Raphíssima** (Belém, PA, 1987), **Lorraine Paixão** (Serra, ES, 1993), **Ana Luiza Gonçalves** (Belo Horizonte, MG, 1986), **Maiara e Maraisa** (São José dos Quatro Marcos, MT, 1987) e **Merle Woo** (Coreia-EUA, 1941). Capa e foto do miolo foram feitas, respectivamente, pelas sapatães **Giovanna Rosetti** (Vitória, ES, 1990) e **Zanele Muholi** (África do Sul, 1972).

Aliás, toda a ideia por trás do título dessa série de zines "mais pornô, por favor" surgiu como uma resposta – gozadora, se quiserem, gozada, preferimos – ao slogan amenizador e publicitário em que se transformou o "mais amor, por favor". Não queremos negar o amor, mas se ele vier apenas para suprir a demanda por alguma campanha que anule desejos em nome de uma conveniente dormência, estamos fora.

Não, não praticamos o deboísmo, praticamos (diariamente) o debochismo. E, por isso, vale aqui uma explicação: se a palavra pornô vem carregada com um sentido tão próximo da ideia de exploração sexual do corpo da mulher, que possamos repetir aqui o que a comunidade LGTBQ fez com a palavra "queer" nos anos 1980. Ou seja, vamos nos reapropriar do termo, vamos confundir e desorientar o inimigo. Com nossas línguas, coxas, pelos e algum sabonete líquido.

Mais Pornô, Por Favor #7 | Bini Adamczak

Come on: sobre a invenção de uma nova palavra que se impõe e vai revolucionar nosso discurso sobre o sexo

Proponho uma nova palavra que há muito faltava. Trata-se de *circlusão*; em termos antiquados, *circumclusão*. Circlusão é o conceito antônimo de penetração. Ambas palavras denotam aproximadamente o mesmo processo material, mas de perspectivas opostas. Penetração significa introduzir ou inserir. Circlusão significa involucrar ou encerrar. *That's it*. Assim, inverte-se a relação entre atividade e passividade.

Penetração significa empurrar algo – uma haste ou um mamilo – para dentro de outra coisa – um anel ou um tubo. A haste ou o mamilo são aí ativos. Circlusão significa empurrar algo – um anel ou um tubo – em volta de outra coisa – uma haste ou um mamilo. Desse modo, o anel e o tubo são ativos.

A palavra circlusão nos permite falar de maneira diferente sobre certas formas de sexo. Ela é necessária pois a miséria da penetração ainda reina no imaginário heteronormativo e – como se não bastasse – também no imaginário *queer*. Eis o que se vê no pornô *mainstream*, mas também no BDSM e no pós-pornô. É quase incontestável que o dildo ou o pênis* funcionam como signos práticos de poder.

Desconcertantemente, isso é verdade mesmo entre especialistas do poder. Dominantes/*tops* de todo gênero se associam tão logo ao dildo, ao pênis, aos dedos estendidos. Submissos/*bottoms* se conectam, antes, à boca, à vagina, ao ânus. Às vezes até parece que a vulva ou o ânus de uma dominatrix são tabu, como se seu emprego tivesse efeitos de impotência. Talvez não se confrontados a uma língua, mas certamente se a um dildo.

Daí que o que importa saber, evidentemente, não é quais partes um corpo possui, mas quais utiliza. Quase todas as pessoas possuem um ânus, mas quem o usa sexualmente – em combinação com dildo, pênis ou mão – é consideradx *bottom*, submissx, passivx. Quase todas as pessoas podem dispor de um dildo/*strap-on*, mas quem se serve dele é geralmente consideradx *top*, dominador(a), ativx. *What the fuck?* Que desfoda!

Parece, então, haver pessoas que fazem sexo genital por quarenta minutos, contraindo seus músculos pélvicos, avançando e retraindo seus quadris, deitadas sobre sua(seu) parceirx – e que, no entanto, devem acreditar que elas é que foram fodidas. E isso apenas porque atuaram como portadoras da vagina ou do ânus diante dx possuidor(a) do dildo ou pênis.

A fantasia da penetração permanece intacta mesmo quando contraditada por todos os fatos. Frustrante.

Ao mesmo tempo, a conexão entre atividade e poder é de qualquer forma implausível em uma sociedade burguesa baseada na exploração do trabalho alheio. Por consequência, essa relação é esquecida imediatamente no momento das chupadas. Mas isso não interessa aqui. O que interessa é a relação direta entre penetração e poder. E ela vai pro lixo... É inútil lembrar todas as associações que o discurso da penetração dissemina no seu perímetro de interpretação. Ele é frequentemente bastante violento: há brocas e orifícios, varas, espadas e bainhas e mais coisas fabulosas.

Tanto a linguagem coloquial quanto a vernacular restringem a penetração às práticas exercidas com uma vagina, ânus, dildo ou pênis. Dedos no cu, seios na boca muitas vezes não são designados como sexo de penetração. A palavra circlusão não deve partilhar dessa restrição. Pode qualificar alegremente a ação de uma mão encerrando um dildo ou de uma vagina apertando um punho como circludente. Mas não precisa ser assim. Como o significado de um signo emerge somente no seu uso, a circlusão poderia assumir o lugar até agora ocupado pela penetração sem conjurar imagens que, durante o sexo, mais perturbam que qualquer coisa.

Nesse sentido, os cursos de prevenção de doenças sexualmente transmissíveis são modelares. Ninguém teria a ideia de deslizar uma banana em uma camisinha recém-desembalada. Porém, do jeito apropriado, obtém-se facilmente sucesso. De fato, a circlusão já faz parte de nossa experiência cotidiana. Pensemos como as redes capturam os peixes, o palato embrulha o alimento, o quebra-nozes quebra as nozes, pensemos como a mão segura a alavanca ou uma garrafa de cerveja.

Em alemão, a palavra *penetrant* se traduziria por inconveniente [*aufdringlich*]. Ao mesmo tempo, *penetrant* deveria se chamar intrometido [*eindringlich*]. Ser *inconveniente*, em contrapartida, é ser circlusivo. Trabalhadoras do ânus e boca, vagina e mão: sejam *inconvenientes*! Quem preferir pode efetuar uma distinção interna: se o parafuso é rosqueado na porca, trata-se de penetração. Se a porca é rosqueada sobre o parafuso, circlusão. De fato, ambos processos estão ocorrendo ao mesmo tempo.

A noção de circlusão nos permite, assim, falar de uma experiência que praticamos há muito tempo. Quem quiser pode continuar utilizando a mão aberta, a vagina, o ânus ou a boca para ser fodidx. O que é novo é que também podemos utilizar o dedo, o pênis*, o dildo ou o punho para sermos fodidxs. Não é que já não estivéssemos fazendo isso. Ocorre apenas que até o momento nos faltava a palavra.

Frequentemente se critica a prática feminista da linguagem como sendo complicada demais. Mas a palavra circlusão é fácil de aprender e simples de aplicar. Eu circluo, tu circluas, ele, ela, isto circlui. E, sobretudo, é muito mais prática que seu oposto. Penetração comporta quatro sílabas; circlusão, apenas três. Por isso, sua adoção também é do interesse da economia. Ganhamos um tempo precioso na fala, o qual podemos investir na foda.

Mais Pornô, Por Favor #8 | Adelaide Ivánova

Não é por acaso que o **mppf! #8** é dedicado à URSAL – União das Repúblicas Socialistas da América Latina. Também não é à toa que lançamos este zine no dia 7 de setembro de 2018. Declaramos, com a legitimidade que nos foi concedida por causa da nossa práxis, a nossa independência e a independência dessa invenção chamada "Brasil" dos conceitos de nação, nacionalismo, fronteiras – territoriais, sexuais, geográficas, linguísticas, de línguas e de gênero!

Chega desse caralho.

Vida longa à URSAL e ao que ela propõe – um continente socialista, massa de se viver, em que nem venezuelanos, nem índios, nem as florestas, nem a caatinga, nem museus são vítimas do fogo e do ódio; onde não há mais *vosotros* nem *nosotros*, e sim um *toda la rente*; sem diferenciação, sem separação, sem fronteira, sem capitalismo machista-racista-xenófobo--transfóbico-homofóbico-lesbofóbico-lavaralouçafóbico-chuparbucetafóbico. Um continente multilíngue e cunilíngue, cujos idiomas oficiais são o beijo grego, o portunhol, o recifês, o taino, o guarani, o aimará, o quéchua, o tupi, o cearês.

Se é em nome da pátria que brasileiros queimam serumanos vivos (Galdino, presente!) e mortos (Luzia, presente!), então nós renegamos essa pátria, esse conceito que vem destruindo e estuprando há séculos, e declaramos a URSAL como nossa mãe-tria. Olhando nessa direção, publicamos um zine que, apesar das poucas páginas de que dispõe, tem a pretensão de celebrar as anarcobucetalistas ursalinas – poetas que não somente são escritoras fenomenais, mas também ativistas políticas e/ou comprometidas com um projeto progressista, emancipatório e de justiça social, em suas comunidades. Entre elas, temos **Julia de Burgos**, poeta e ativista boricua que lutava pela independência do Porto Rico e pela vida dxs imigrantes latinxs nos EUA; **Mara Rita**, poeta chilena e ativista dos direitos LGBTQIA+ (ela mesma uma transmulher); **Eulalia Bernard Little**, poeta, educadora e ativista dos direitos humanos na Costa Rica; **Lourdes Casal**, poeta e ativista cubana que, dialogando com Fidel Castro, mediou e ajudou a libertar milhares de presos políticos em Cuba; **Cecilia Vicuña**, poeta, artista visual e eco-feminista chilena; e **Sherazade Vicioso**, poeta e ativista política que chegou a ser candidata à vice-presidência da República Dominicana. Estas poetas provam que a URSAL tem um potencial político e poético muito maior do que esse atual projeto neoliberal e com cada poeta bosta que pelamordedeus (a começar pelo presidente golpista).

Todas as pessoas envolvidas na produção desta edição do **mppf!** são também ativistas. **Luma Virgínia**, que traduziu Mara Rita, é mediadora e organizadora do #leiamulheres em Parnamirim, no Rio Grande do Norte; as editoras desta edição (**Carla Diacov**, juntamente com esta que vos escreve) são, entre outras atividades anarcobucetalistas, membras do RESPEITA!, coalizão nacional das poetas, que visa promover a compreensão da poesia como categoria trabalhista (organizadas e organizando, lutamos por direitos laborais e reconhecimento de funções e opressões); **Bia Varanis**, que fez uma participação especial no processo de edição, é uma das curadoras do site As Mina da História (projeto de educação online que visa dar visibilidade às mulheres apagadas da narrativa machocêntrica).

Daqui a um mês, em 7 de outubro de 2018, teremos eleições. Votaremos nas esquerdas! Mas não esqueçamos que nem só de passeata, voto e poema revoltado é feito o processo político. A luta é diária!! **NÃO LAMENTE, SE ORGANIZE!**

a mulher que goza é uma mulher marginal: lendo literatura erótica

Isadora Sinay

Existem poucas leituras na minha vida que eu me lembro de uma forma tão material quanto *O Amante*. Era o primeiro verão depois de eu ter saído de casa, eu tinha dezoito anos e em não mais do que três tardes longas e quentes eu li sobre a menina que de sapatos de lamê e vestido transparente cruzava o Mekong e fazia amor com homens chineses.

Talvez todo leitor tenha esses momentos, os livros que transformam tanto sua relação com a literatura quanto com o mundo ao redor. Eu tive outros além desse: *A Redoma de Vidro*; *Memórias de Uma Moça Bem Comportada*. Em comum, a minha descoberta de uma literatura que falava com a minha voz. Uma voz de mulher, uma voz jovem, uma voz que desejava. Uma voz que, como Esther Greenwood, se preocupava com estar perdendo algo do mundo por ainda ser virgem, que desejava a descoberta do sexo não como amor, não como transformador moral, mas como sexo simplesmente. Como a coisa cotidiana, banal, negociável que a protagonista de *O Amante* sabe estar anunciando em seu vestido transparente e sapatos de lamê na balsa sobre o Mekong.

Nenhum desses livros seria categorizado como literatura erótica, embora eu consiga pensar em muito pouca coisa mais erótica do que a escrita da Marguerite Duras, mas eles trazem em si algo que mais tarde eu descobriria ser o motor de toda boa pornografia: a relação estreita entre desejo e transgressão. A relação inseparável entre desejo e transgressão quando se é mulher.

O que esses livros também têm em comum é o reconhecimento, e a recusa, de um mundo que patologiza suas protagonistas por desejarem. Os poemas de Plath, a mulher louca da literatura por excelência, são cheios de imagem de podridão e violência alinhadas a desejo. "Eu como homens como ar", diz a destruída voz de Lady Lazarus.

Aos dezoito anos, embalada por sol e tédio, eu descobria em *O Amante* algo que só anos e uma biblioteca inteira mais tarde eu seria capaz de definir nesses termos: a mulher que goza é uma mulher marginal. A mulher que goza sem culpa é a própria ruína da sociedade como a conhecemos.

Aos 26 eu comecei com uma amiga um projeto chamado O Clube do Livro Erótico. Nele, a ideia era ler livros onde o sexo fosse a temática principal, clássicos ou contemporâneos, vendidos como eróticos ou não. Nós lemos de Sade à *Cinquenta Tons de Cinza* passando por *O Amante* e memórias de uma mulher que encontrou a iluminação espiritual ao dar o cu. Nem tudo que lemos era bom, mas entre o que era seguia-se a mistura de sexo, transgressão e a profunda marginalidade da mulher que goza.

Nessa aventura eu descobri um prazer peculiar: romances moralizantes do século 18. Livros como *Moll Flanders* e *Fanny Hill*, sobre a fraquíssima desculpa de alertarem a sociedade dos riscos da devassidão, tecem histórias completamente descabidas sobre mulheres que vivem seus próprios desejos. A extravagância das tramas é uma diversão em si e possível porque esses livros já estavam, por seu tema, fora dos limites da "boa literatura", livros de regras de coerência e verossimilhança, prontos para fazerem noivos serem sequestrados em navios piratas pelos próprios pais. Suas mulheres funcionavam de forma parecida. Porque esses livros não seriam mesmo lidos por boas mulheres, as que não gozavam, não havia problema nenhum em representar protagonistas que gozavam alegremente. A marginalidade da literatura erótica lhe permitiu algo que era marginal em si: escrever mulheres livres.

No século do iluminismo e das enciclopédias é claro que essas mulheres movidas por impulsos eram vistas como criaturas menores, simplórios seres corporais, mas a mágica da literatura é que ela não precisa existir como nasceu. Para mim, leitora do século 21, essa literatura abriu um cânone intocado em que mulheres faziam mais do que serem olhadas.

O erótico é sempre, em certa medida, um jogo do olhar. E o feminino, em sua forma clássica, contida, é sempre um conceito a ser olhado. Em um texto para a The Atlantic comemorando os 200 anos de morte de Jane Austen, Megan Garber nota que seus livros são revolucionários por trazerem pela primeira vez mulheres que olham. É por esse olhar ser tão essencial a essas histórias que *Orgulho e Preconceito* se fixou no imaginário cultural do mundo tanto quanto um clássico da literatura quanto uma minissérie com Colin Firth de camisa molhada. E a imagem de Colin Firth de camisa molhada se torna revolucionária por ser erótica não da forma como o erotismo se construiu na indústria, no mercado, nesse mundo masculino, mas como as mulheres o querem.

Nesse projeto eu reli eventualmente *O Amante* e o que eu descobri nessa releitura foi a voluptuosidade da escrita, a incrível capacidade de transformar sexo em palavras, e a consciência profunda de ser olhada da protagonista. Não é o sexo em si que a torna marginal, mas o gozo e o fato de que esse gozo nasce de uma escolha e essa escolha é o resultado de uma agência em ser olhada. A protagonista sabe que é olhada, mas isso não a transforma em objeto, ela manipula o mundo com sua figura altamente erotizada e escolhe com quem transar, com quem gozar. E ela o faz porque quer ir embora, o faz sabendo que sua ação tornará sua permanência naquele universo impossível.

Quando começamos essa empreitada o primeiro livro lido foi *Delta de Vênus*, da Anaïs Nin. Anaïs Nin famosa por seus diários escandalosos, por seu caso escandaloso com Henry Miller, por uma existência, enfim, escandalosa. Eu já havia lido *Henry e June* e ficado fascinada pela casualidade da coisa toda, pelos relatos de que Henry Miller era ruim de cama (pois é, eu fiquei decepcionada também), a análise crua do desejo por June misturado com uma vontade de ser June. *Delta de Vênus*, por outro lado, parece mais um catálogo de todas as parafilias possíveis no mundo, porém protagonizadas por mulheres. A coletânea de contos traz de mulheres que envenenam os maridos para transarem mais a mulheres que fumam maconha e se comportam como lobas (eu gostaria de saber onde vende essa maconha). Mulheres lésbicas, bissexuais, heterossexuais, tudo com a mesma casualidade com que Nin trata a própria bissexualidade. O poder desse livro, a absoluta revolução dele, a radicalidade de Anaïs Nin em si foram coisas que eu só apreciei um milhão de livros eróticos depois.

Porque ler literatura erótica, mesmo dentro do nosso projeto claramente feminista e orientado para procurar textos com protagonismo feminino, é encontrar um medo profundo da sexualidade feminina. Dos livros com mulheres livres cuja circulação era absolutamente marginal (e precisavam ser vendidos com verniz de moralização pelo mal exemplo) a best-sellers contemporâneos que pareciam repetir clichês da pior pornografia, a maior parte dos autores parecia tratar o desejo feminino como um tigre enjaulado. O que talvez tenha sua verdade.

Um dos meus livros preferidos desse projeto foi *A Entrega*, de Tony Bentley, livro autobiográfico que conta as aventuras da autora em seu caminho para dar o cu e encontrar iluminação espiritual no caminho. O processo de dar o cu faz Bentley confrontar seus problemas com confiança e controle, especialmente seu medo de perder o controle. Mesmo hoje, que não vivemos mais como personagens de livros do século 18, há a ideia de que algo em nós precisa ser domesticado, controlado, aprisionado para que possamos viver em sociedade. A mulher que goza é a mulher que frequenta as fronteiras da loucura e Bentley reconhece isso, perde seu medo e mergulha.

Anaïs Nin reconhece também, talvez por isso tantos dos contos em *Delta de Vênus* tragam histórias de intoxicação, alucinação, variações de perda de si mesma e da razão. Precisamos perder a nós mesmas para vivermos o sexo como desejamos? É uma pergunta que muitas dessas autoras parecem fazer.

É curioso que nessa jornada os livros em que nos encontramos nem sempre foram os esperados. Eu não acho que ninguém espera entrar em um projeto de ler literatura erótica e sair amando um livro sobre iluminação espiritual no sexo anal e romances meio clandestinos e totalmente absurdos do século 18. Mas eu também não sei o que eu esperava.

Com frequência me perguntam por que tanto interesse em erotismo, como se fosse algo muito estranho aos meus outros interesses intelectuais e profissionais: existencialismo, memória, religião. Eu me pergunto como a gente pode pensar essas questões sem considerar esse corpo que existe, lembra e crê. O erotismo é uma literatura do copo, é a materialização carnal de nossas questões mais profundas. "O pessoal é político" diz um dos slogans mais famosos do movimento feminista e o pessoal é também desejante, sexual, erótico. "A intimidade é um campo de batalha" eu mesma escrevi ao falar de Philip Roth (lido também nesse clube do livro erótico) querendo dizer que nas relações sexuais entre seus personagens, e são muitas, e nas relações desses personagens com seus corpos, que são complicadíssimas, a profunda hostilidade e desconexão entre os gêneros encontra seu embate. A literatura erótica é a poesia épica dessa guerra.

É só agora, em retrospecto, que eu vejo o poder desse projeto. Duas mulheres jovens navegando a história infinita da literatura erótica em busca de articular seus próprios desejos, não só sexuais. Nossa vontade era mais do que achar textos que nos excitassem, mas criar um vocabulário que nos permitisse pensar o sexo como gostaríamos de pensá-lo, nos livros e fora dele. Livre. Normal, cotidiano, parte de uma existência inteira. Falar de literatura erótica com a abordagem intelectual de quem nem por um segundo considera que sexo seja um assunto marginal.

A questão é que ele obviamente é. Marginal, transgressor, se alguma coisa nesse mundo desafia a neutralidade são duas mulheres jovens falando de sexo como se esse assunto pertencesse a elas. Como se o mundo não fosse construído para trancar mulheres jovens para fora do sexo. Enquanto líamos livro atrás de livro, um a cada quinze dias, empilhando clássicos atrás de nós, estávamos talvez realizando o ato mais transgressor de nossas vidas.

Sade, possivelmente o autor mais incompreendido dessa pilha, usa o sexo em seu extremo para localizar sua reflexão sobre a sociedade fora dela. Ele é o oposto de Anaïs Nin nesse sentido, o sexo como tudo menos natural e seu erotismo o mais desencarnado de todos que eu encontrei. O que acontece em um livro de Sade não é uma batalha de corpos políticos, mas uma batalha política numa metáfora de corpos. Contudo, ele nos lembra da transgressão essencial do erotismo, antecipando Freud ao dizer que gozo e morte são espelhos um do outro. Há algo de perverso no erotismo sempre, há algo de destrutivo.

Há algo de extremamente destrutivo na imagem de uma menina de quinze anos, vestido transparente e sapatos de lamê que escolhe o homem com quem vai gozar, mas que se recusa a amar. Algo destrutivo na mulher que encontra Deus no sexo anal. Algo destrutivo em duas mulheres no início de suas vidas adultas mergulhando de cabeça no histórico da sexualidade humana. A experiência de ler, em profusão, literatura erótica me deu uma compreensão melhor do sexo, mas não do jeito descomplicado e afirmativo que uma revista feminina moderninha poderia querer me vender. Meu sexo, todo sexo, não é livre e não poderia ser e talvez eu não devesse desejar que ele seja. Me encontrar com essas figuras de mulheres devassas, excluídas, caídas ou não, me permitiu pensar meu desejo como muito mais poderoso, porque destrutivo. A mulher que goza com liberdade é uma mulher marginal. A mulher que não se importa com isso é revolucionária.

consentimento

era primavera eu ouvia jasmins e manacás
era madrugada com brilho de luz do dia
era um violino enfeitiçado atiçando-me
era a vida batendo na mesma concha
era os delírios ocultos na palma da mão
era o fogo queimando todos os meus lábios
era praga de anjo era nós desmoronando
era o arrepio entre os rins ai de mims
era senso perdido era o que tinha de ser
era manhã quando sucumbi no seu corpo

atrás de uma flauta doce e torta achei meu
destino: a flor hermafrodita que me açucena

ADELAIDE DO JULINHO (SP)

flamboyant

de novo enfloresce como há longos anos:
nódoa cor de sangue desafia o azul sem nuvens

um naco de delírio ronda a paisagem
instala o passado na varanda e declara

é tempo de paixão

folhas flores um rumor um desvario:
a voz que sussurrava
entre gemidos e safadezas
"meu doce"

Adelaide do Julinho (SP)

o cavalo

"I look
at you and I would rather look at you than all the portraits in the world
except possibly for the Polish Rider"
                                    Frank O'Hara

menino há dias tento desenrolar esse fio esse laço
desatar essa corda do meu pescoço e escrever
essas mal domadas linhas ofertá-las a ti menino e potro
surgido nesta estepe sem ferradura e assilvestrado
tirando os cowboys da sela e do sério: tu
menino poeta cavalo

e eu repetitiva nos poemas obcecada na vida
me embaralho feito cego em faroeste
ofereço-te meu açúcar meus torrões mais
pra pangaré ou mula que pra égua e relincho,
amolestada e paleolítica, ao sacudir do teu galope
e ao balanço da tua crina

em repouso do topo da tua cabeça à minha
há um côvado de distância já em galope gallardo
é inútil a antropometria pois da tua glande a meu chanfro
de equina não há côvado que nos meça yoctômetros
talvez aquela medida imaginária que nunca foi usada
pois mede lonjuras que não existem de tão mínimas

escrever um poema pra ti é domar um mustang
de santuário quando pra mim santo és tu menino
vishnu que me batizas de aminoácidos, precário
e matutino, potro poeta e menino a quem dedico horas
de trabalhos não forçados: pousar a fuça exausta
em tua soldra, levemente triste

de não poder ver tua cara enquanto gozas na minha
para depois admirar tuas quartelas bordo e casco,
tuas estrias no lombo de potro bem alimentado crescido
mais rápido que o previsto. pulaste as cercas do estábulo
para chegar, poeta e cavalo, nestas paragens onde
me encontras pronta de sela, esporas postas

para mais uma doma nesta sodoma aos avessos
sem cabresto nem gamarra deito-me devota em teu garrote
de puro-sangue belga e muda diante dos músculos
do teu costado aguardo brião e tala e entendo
o poema alemão que diz: toda a sorte que há
no mundo vem no lombo de um cavalo.

ADELAIDE IVÁNOVA (PE)

pornô-poética

-da vulva-externar
maintenant je le sais, je n'ai plus les mots pour le dire
M.D.
Araki
a cada vulva aberta ingressava
no oriente
o tremor cósmico
flexionava
os confins do meu corpo
um abrigo antiaéreo
e partia de novo
rumo ao sul de mim
vê-la ali
nas extremidades
nos pontos
do toque
aonde vivem como se
não fosse possível dizer
essa estranha relação
entre os dedos
as mulheres e
o escrever
tudo na vulva é
exterior
como a língua que se fala
no Japão
entre os vãos de mim

vive o extremo de tudo
como uma bomba no mundo
mon amour
a sua vulva na minha
é a ultra-percepção
fina
do toque
feito
de pontas e dobras
alheias
de um infinito aberto
ao mínimo
e o eu
depois de você
é só o fato das nossas dolores
compressivas
dos dias posteriores
em que cada impacto
feito do hiato
do nosso nó
desata
a corda que agarra
a destemida-farra
a saia plissada
na dobra da calcinha
sou o teu arranca
imoral
de fera
sem língua
nas escadas da analista

sem vista
sou a menina
vendada no divã
as 15hs e 20 minutos
sou o nosso abrupto
porque mulher, quando fode,
é crueldade
contra toda a fraude
que inventaram
que sexo
é côncavo e convexo
não
porque mulher, quando fode,
é crueldade
na minha filosofia
pornô-poética
o sexo
é só
fresta e dobra
toque e aresta
infinitamente minúscula
contração submersa
sob a sua superfície
porque mulher, quando fode,
é crueldade
tal um dia
na esquina
mais tênue
da vida
onde te entreguei

toma
a profusão pornô-poética
da vulva-externar
esse novo conceito
teórico-prático
insuflando pib's
sem bem-estar
porque mulher, quando fode,
é crueldade
e a pornô-poética não veio
para
um lugar
ao sol queima no escuro
das ruínas sem museu
e nada
em seu beco tem eu
um lírico corrupto
mina
a sua crina modular
a vulva-externar
não é a expressão de um dentro
porque mulher, quando fode,
é crueldade
ali mesmo
nesse buraco
onde sempre viveu
sabe que nada interior
delimita
é contra o seísmo
de quem mima

a mímesis
que a vulva-externar projeta
o denso fora
sem forma
feita dessa matéria aérea
voa
sopra
veloz
a vulva
obra das mais intensas
lentidões
ritmos sem compasso
escritas a-geométricas
desmedida
a pornô-poesia
invade
abre
fende
fode
e repete
feliz
porque mulher, quando fode,
é crueldade
e quem
toma
dela
da pornô-poética
in-festa
sem fim.

ANA KIFFER (RJ)

eu vou te pegar

isso é um fato,
o resto é futuro.

Ana Rüsche (SP)

a festa de j.

primeiro os grampos do meu cabelo despencaram
depois foi a vez das roupas
por fim eu própria me esponjava no chão

ANA RÜSCHE (SP)

In: Rasgada (Furiosa – Edição da autora)

vulva!

a minha planta carnívora
se abre faminta
com seus enormes dentes
espalhados
– em sua remota caverna
espargindo,
misturados com sua língua
sua serpente faceira
coberta por seus grandes e
macios lábios
vulva viva
perspicaz e sorrateira
expande ligeira
pronta para engolir o falo
falo desse sabor doce de folha fresca
servida numa salada crua
a língua acerada lambendo a tua
vulva!
eu sou a flor e a serpente
devastando em marcas o seu corpo quente
desflorada no jardim
vulva-viva
escorre sobre mim
clitória, minha flor azulada
mãe das flores
flor-vagina
pétala-lábios

herbácea trepadeira
volúvel
perene
escoa dos teus lábios
nefastas nascentes
inundam
rios de água doce
regam e afogam gentes
como é linda
e vulva
pequena,
soa inofensiva
a flor é forte
nascem rios do seio do teu
útero
planta faminta
intrépida
dá! dá! dá!!!
dá teu sumo
e te guarda nesse muco
e mastiga, mastiga, mastiga
mastiga até não aguentar

ARA NOGUEIRA (RJ)

entre o sexo, úmidas

pra se despedir ele me beija forte. Enlace de carne morta.
enfia dois dedos em mim e os suga em seguida
sempre seguido de um barulho que é seu e eu reconheço.
reconheço muitas coisas desde então.
muitos reconhecem.

deslizo por sobre você
as palavras que guardei para de manhã.
segurei-as entre o sexo, úmidas
para que delas se farte quando for noite.

me anuncio entre ir e ficar
entre partir e me cortar
entre tirar o que em mim é mansidão
e o que em mim é furacão

enquanto escorrem as palavras pelas minhas coxas
ele veste a última camisa limpa
vagueia pelo quarto
admira o sol
e se vai

Ayla Andrade (CE)

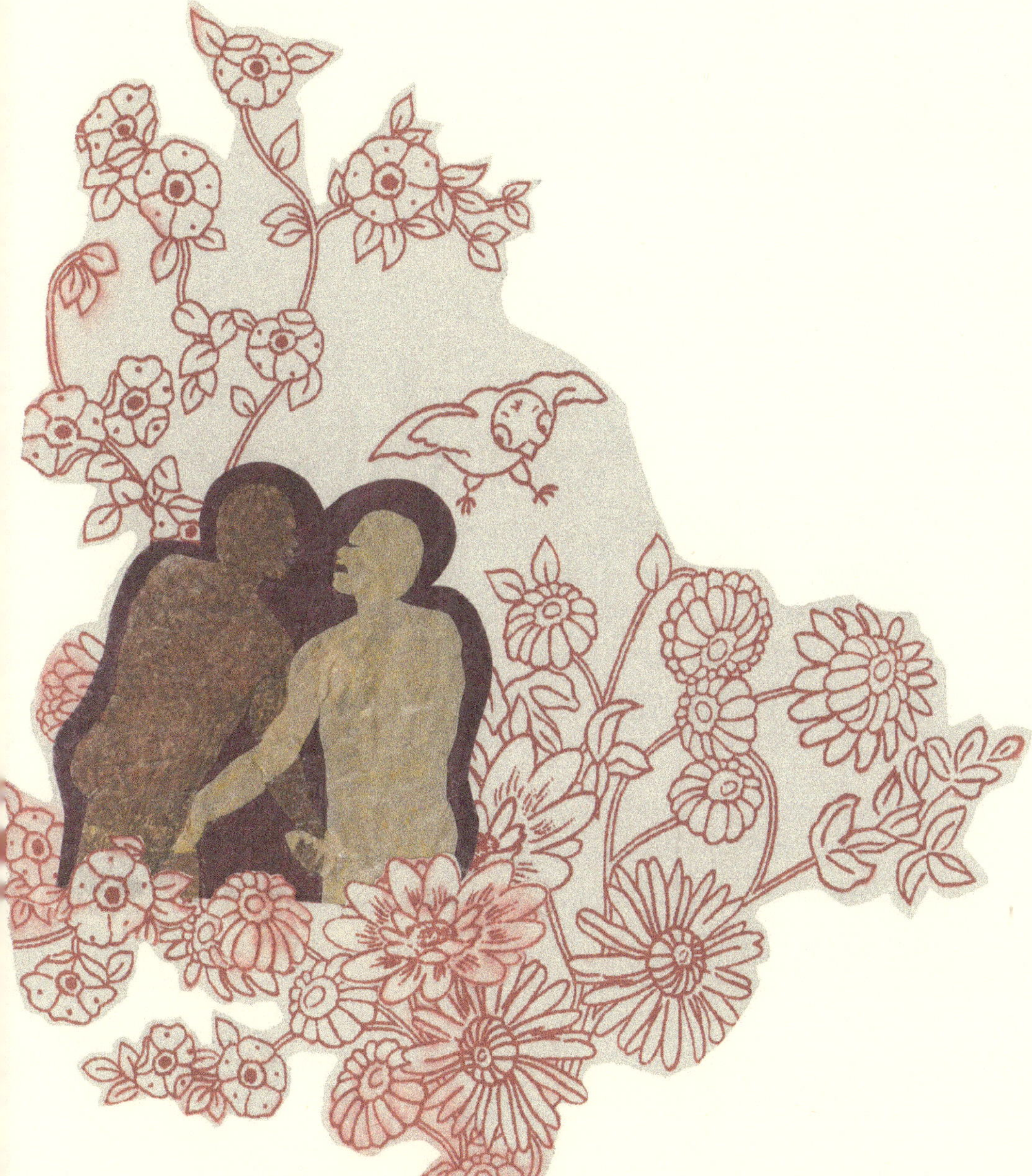

cachoeira

no alto do inverno
um sopro de verão confunde a pele que
já não cabe nas roupas
não cabe nos quartos
não cabe nos contos
não cabe nos cantos
nos vãos vazios
não cabe nos cabelos
nos deltas dos rios
não cabe entre mares
não cabe entre amores
não cabe nos vídeos pornôs de toda internet reunidos
não cabe nas linhas de todas as estradas do planeta enfileiradas
não cabe no impulso dos foguetes interestelares
no mistério do voo dos pássaros
não cabe nos tamanhos da injustiça
nos gritos de prazer
não cabe nas maiores descobertas
não cabe no cortante do gelo
no calor do fogo
só cabe na água
que eu mesma nasço

mulher é nascente

Bruna Escaleira (SP)

roleta russa

vou preenchendo minhas lacunas
como um estressado pinta
seu livro de colorir

porém
no lugar de cores
a minha paleta
tem

dedos
balas
poemas
problemas

e pinto

com meus consolos
tolos
me penetro:
enfim
consolando-me

Bruna Kalil Othero (MG)

antropofálica

ela
me beija sussurra
sacanagens no meu ouvido
lambe o meu
pescoço apalpa
meus peitos passa a
língua
nos meus mamilos

me pega de jeito me
joga na parede
enfiando a mão na minha calcinha
correndo os dedos famintos
sobre minha pele
doce

me chupa gostoso
prova o meu
gosto
me provoca me
morde me dá o
gozo

a poesia
me come
me penetra
me descobre me revela
gozando em cima de mim
mas eu não cuspo:
engulo

BRUNA KALIL OTHERO (MG)

poema escorpiano

Dar pulso
    Às palavras
        Seria como
Deslizar minha mão
        No peito dela
O pré o pós o tudo
        Apocalíptico
– deve ser da mesma falange
        Tesão e morte.

Carolina Luisa Costa (RJ)

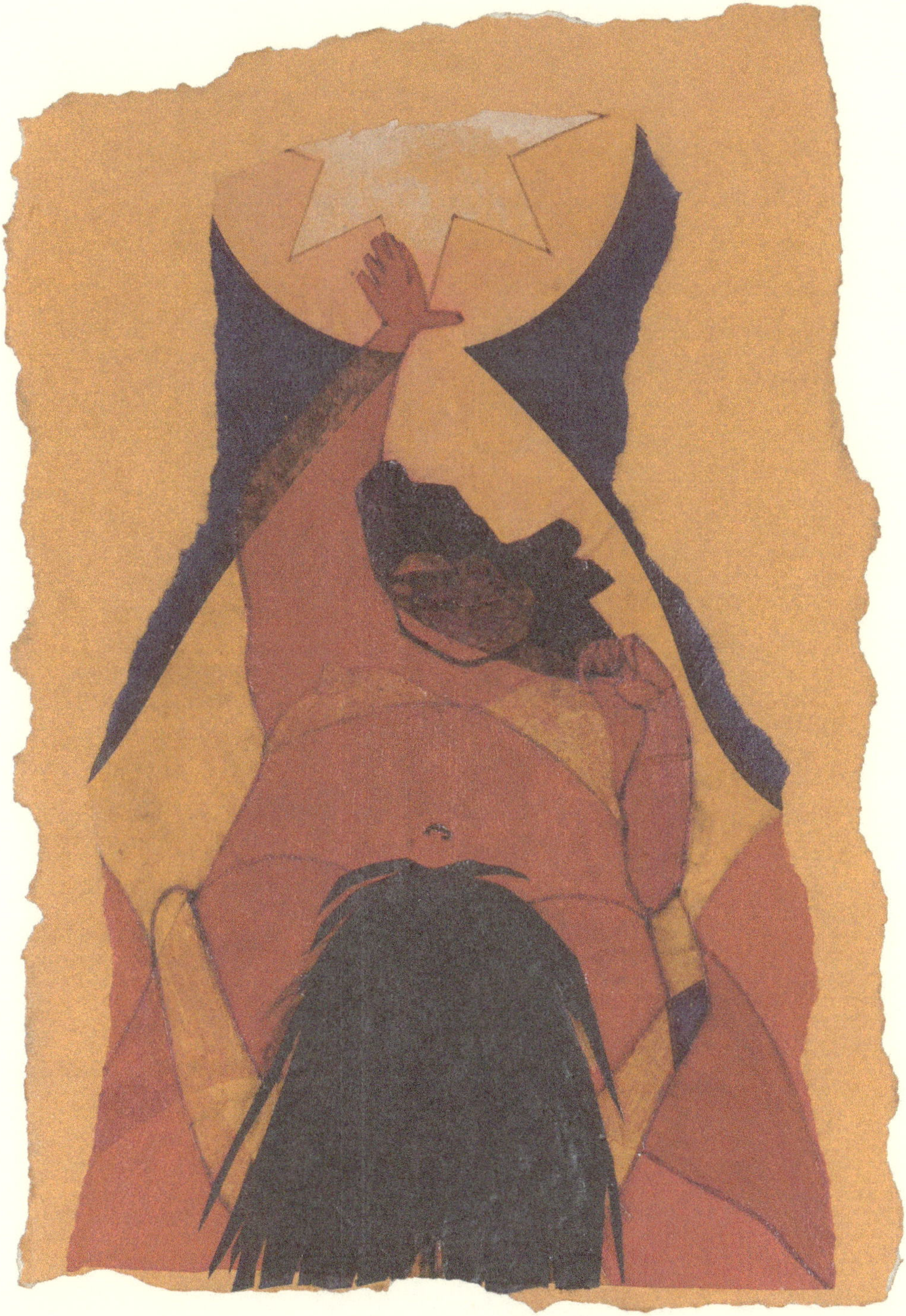

depois das seis

que mistérios carregas por entre as coxas?, pensei
ao te ver atravessando longa avenida
a passos rápidos
vindo até mim com um beijo
ligeiro no ato & demorado no gosto
sorrindo como quem não quer nada

confesso minha fome
você também
e comemos:
eu num prato
você no outro

te ofereço então da minha comida
o meu garfo em sua saliva
sua colher de sopa na minha

contínua te convido a casa
você vem
folheamos um mesmo cardápio
e entre bocas & boatos
mastigamos lentamente aqueles lençóis

Cecília Floresta (SP)

das mãos dele

As mãos escuras do meu amado
Preenchem meus seios por todo lado
Como quem recolhe flores maduras
As mãos escuras do meu amado
Têm as palmas brancas
São quentes, acolhedoras
Preenchidas por dedos enormes

Ah
O meu amado e as suas mãos escuras
Conhecem cada centímetro do meu corpo
Escrutinam minhas cavernas
Anunciam-se entre as minhas pernas
Fazendo escorrer o meu mar

São escuras as mãos do meu amado
São belas
São ternas
São livres.

Cristiane Sobral (DF)

da vez primeira que amei meus anelares

Deixa, pois, por um instante, que adormeçam
Estes olhos meus de atentos muito usados
E que encontrem brevemente descuidados
Tais tremores que tão logo esmoreçam.

Por cá, no descuido em que se perde ainda
Que eu retenha meio inteiras, algo firmes,
Certas luzes que colhi das fitas filmes,
E que ensejam bem-dizer, enfim, a vinda.

Já alegre como então nunca me cri
Que esteja meu castelo inteiro dantes
Donde é o príncipe acre, bom e eu o senti

E tome ele, à força, as mãos que em vão pulsantes...
Que ao cerrar os olhos sobre os lábios fique
Claro o rio que transborda em um rompante.

DANI BALBI (RJ)

cheesecake sem cereja

ele comendo cheesecake
sem cereja
é absolutamente banal

ou não faz muita diferença

a distância entre meus olhos e
os seus joelhos
seus joelhos entre a sua boca
na altura da mesa
seus joelhos encostando na mesa
e meus olhos nos seus joelhos
e o prato sobre a mesa
a boca no lugar da boca
o cavalo no lugar do cavalo

ou não faz muita diferença

o garfo sai do prato e
encosta na sua boca
encosta e depois entra
sua boca de boca cheia
comendo o que sobrou
da sobremesa

ou não faz muita diferença

com o braço esticado
a forma mais abreviada para se chegar no prato
o garfo fica pendurado no braço
o garfo é o garfo mesmo
pequeno e de metal
e o braço é longo e verdadeiro
é um braço de verdade
de carne e osso e cheiro

ou não faz muita diferença

com meu celular desligado
eu não posso dizer xissss
eu nem sei jogar xadrez direito
mas de olho na sua boca
me vejo atuando de mim mesma
esse é meu primeiro ritual consciente
de metempsicose
ele não me ofereceu um pedaço
mas eu consegui passar pro outro lado
entrei dentro da sua boca
e a sua boca está cheia
cheia de mim e de pedaços de cheesecake
sem cereja
somos todos um
menos um
eu ele a boca dele e os pedaços de cheesecake
sem cereja
e o universo inteiro
é um inteiro

ele tem nome de santo
e o cavalo nome de cavalo

ou não faz muita diferença

da parte de dentro da sua boca
não existem perguntas como
será que amanhã vai chover?
como o papagaio pensa?
por que existem panos de prato?
a precariedade é maior entre as mulheres?
isso é mais erótico ou é mais pornográfico?
um inseto é uma barata?
e uma barata também é uma barata?

ou não faz muita diferença

também somos essa realidade
do ponto de vista do lado de fora
uma tela de cinema
um filme de domingo na sessão da tarde
a moral do filme tenta explicar
a intenção as entrelinhas
mas os fatos são claros
ao invés de uma fatia inteira
ele pagou por meia
e sem nenhuma explicação
recebeu o troco a mais

Érica Zíngano (CE)

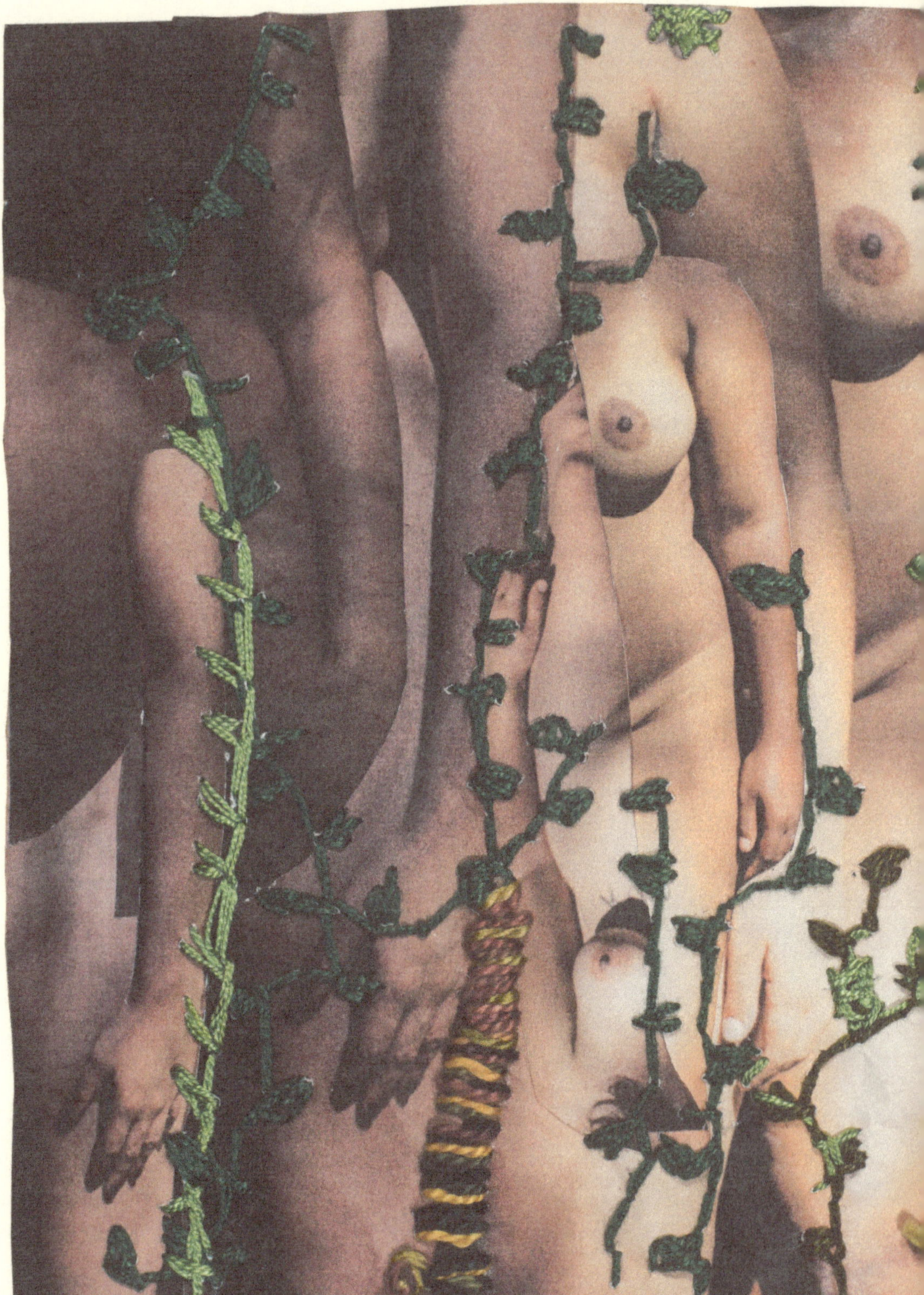

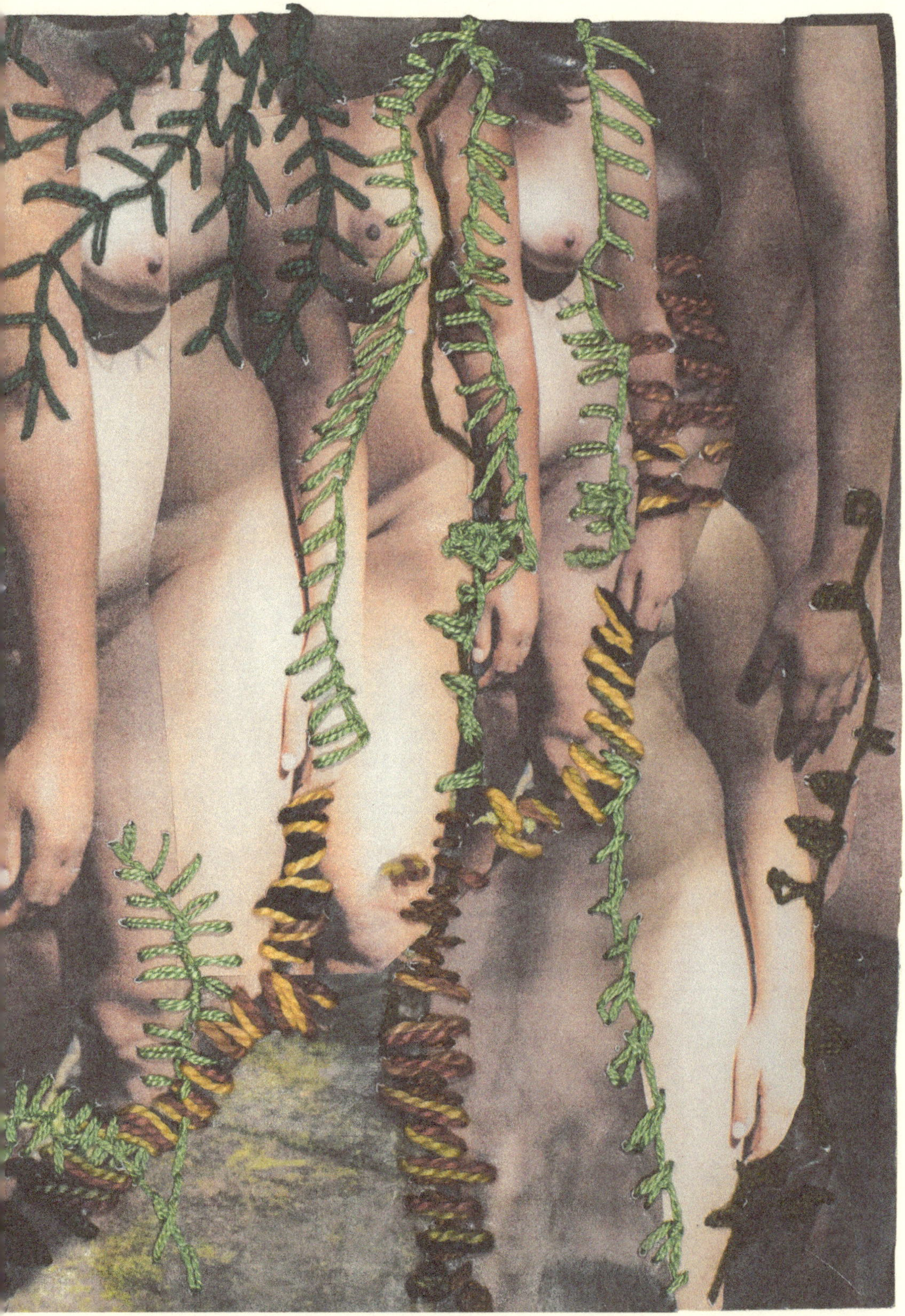

uma nectarina

Quando se abre
ao meio
revelando
desabrochando
pura e simplesmente

Fico paralisada

Que dinâmicas têm
aquele abrir-se
em cores
em cheiros
em salivas
em dentes

Por que não funciona
de maneira diferente?
Por que tão fácil?

Como pode assim
com um leve tocar
dedos forçando
lentamente

desabrochar assim
sem resistência

bem na minha frente

Estela Rosa (RJ)

seu cheiro de uva pisada

me afogava junto às peras
bêbadas,
desfalecidas,
não alcançávamos
a borda da tigela
trincada dos anos.
você brincava de mergulhar a colher
no caldo vermelho,
a tempestade
batia nossas cabeças,
minha e das peras,
na cerâmica amarela.
e a gente ali
com o corpo-esponja-de-vinho
esperando só
sua boca.

Eveline Sin (RN)

In: Devolva meu lado de dentro (Capim Santo até aqui – Editora Selo DoBurro)

spotify

é que a gente é
moderninho e fode ao
som de liniker
alafia johny hooker e
transa de caetano que é
pra parecer bem cult
conhecedor da tropicália
a gente só não
fode ao som
de cicero porque não dá
para foder ao som de
cicero apesar do tesão que
dá com o teu
corpo colado no meu
no meio da valsinha
mas o lance é que a gente
foda menos que a geração de
70 mais do que a de
50 chapando com
clarice lispector
catuaba e ana c.
e nada de doce porque
falta os 30 conto pra
bancar a viagem
e a gente fode com
homem e mulher e
vive fantasiando pra

foder com os dois juntos
enquanto goza com
o chuveirinho do box
ouvindo baiana system

Gabriela Farrabrás (SP)

In: geni e amélia nunca transaram (zine – edição da autora)

semanário ou o tempo da delícia

folheio teus cabelos nesta manhã de segunda-feira

folheio teus cabelos pela manhã
e um sonho colado à corda de sete linhas mais
uma orelha
pendurada na língua a palavra
estremeço
meus olhos abertos no escuro
todas as páginas escritas começam a queimar
pelas beiradas
depois o centro
estremece
a cidade e seus chakras encobertos pela luz
um poema escapa
dos teus pelos
e eu não posso perdê-lo
fodam-se os livros
fodam-se os livros
e todas bibliotecas itinerantes
teu nome é incêndio
e morde

GERUZA ZELNYS (SP)

inolvidable

perguntou
o que é mulher
apenas para destrinchar respostas
depois perguntou o que é o fogo
brincava
mas não sabia exatamente
se da combustão vinha o calor
ou vice-versa

se vinha das pernas o toque
ou o toque nas pernas

duas mulheres sussurram
sílabas mais altas do que deviam
tudo é mais
do que devia
menos o silêncio

duas mulheres atracadas
no topo do mundo
visíveis a olho nu
às vizinhas comedidas
às senhoras que passeiam
com seus cães também idosos
em passos lentos
a dança sincrônica
dos passos dos cachorros

duas mulheres uivam
ao mesmo tempo
no topo do mundo
na grande janela
no meio da rua
e em cima dela
uma e a outra.

tenho medo de deixar esta imagem sumir
pelos dias
repito-a na fronte dos olhos
a luz cabisbaixa
dos postes da prefeitura
a formar meias-luzes
seu rosto e o meu
as mãos
espalhadas
tenho medo de que suma na memória
a dobra da perna
repito-a
até que encontre
a palavra exata
e sua tradução
em mil línguas
e a minha
e a sua.

Helena Zelic (SP)

caio

fácil
nessa boca aberta
nessa saliva
brilhando em neon
"hay vagas
<texto2> para mujeres"
mergulho
pronta pro jogo
pra dança
dos quadris
o encaixe
perfeito
dos teus olhos
vidrados nos meus
essa conversa
quente
bem molhada
que duas três
vezes
repito
teu nome
pintado de gozo
no letreiro da padaria

JANAÚ (RJ)

via sacra

sugo-a inteiramente. sugo-a cheia de água e toda água descendo e toda água do mundo descendo. a água que vem de dentro. a água mística das entranhas. das cavernas dela. água que sobrevém batismal. água. água. meu deus de onde vem tanta água.

Jorgeana Braga (MA)

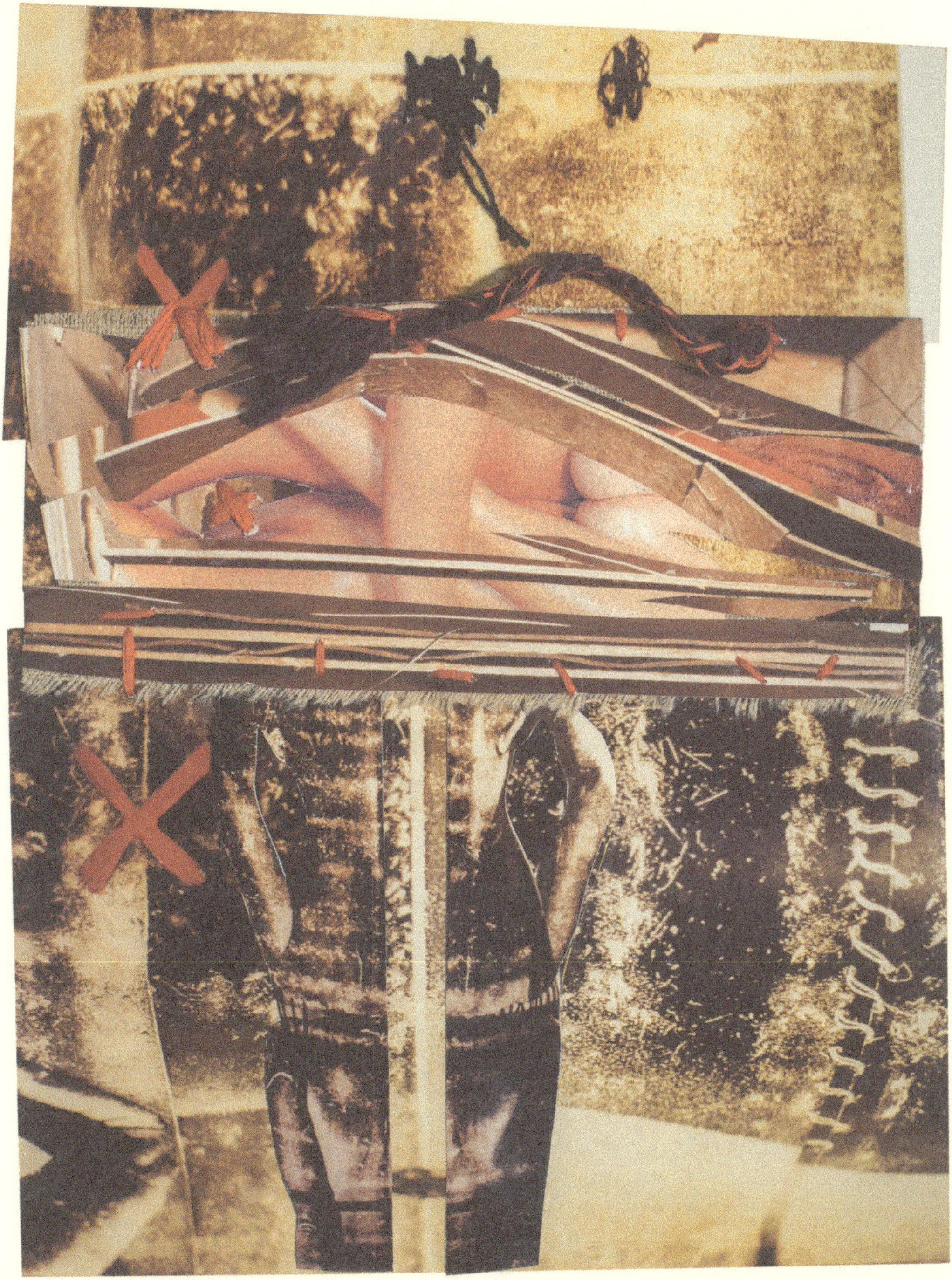

poema solto

Há uma estranha objetalização em sussurrar bataille no teu ouvido ouvido transfigurado pelo óbito dos tabus mesmo os viris. se falo sou sádica quero a tua imobilidade não podes nem cruzar as pernas numa epifânia súbita de coisas molhadas que escorregam nem suplicar obscenas imitações de labirintos superpovoados por homens morcegos esmoler trágicos mulheres lazulis bodes lunares tetas curtidas melancólicos olhares. bebe bebe o vinho labirintoso português em goles nada amenos e te manténs imóvel enquanto falo.

Só quero ver – em película noir – esse filete de saliva escorrer-te nádegas.

JORGEANA BRAGA (MA)

direção

Você mergulha fundo mais uma vez, confia, continua, durante o caminho se depara com duas serpentes marinhas que acasalam, enroscando seus corpos. Só é preciso um pequeno estímulo para começar a dançar. Com os ovos dentro dela, a serpente fêmea nada até uma caverna onde nunca esteve antes e deposita meia dúzia de ovos moles. A caverna é como uma grande bolha de ar que possibilita a sobrevivência dos filhotes. Assim que eles conseguem romper a casca do ovo, escorregam até a água e saem nadando como atletas olímpicos por um caminho que se desconhece há milhões de anos. Assim também você faz: mergulha com desconhecimento de causa. Por não saber nada, sabe o necessário para estar com a cabeça submersa e continuar respirando. Instinto selvagem. O Stein Bernau é um menino transexual de 14 anos, viciado em cocaína que adora a banda Wild Nothing. O Adam Charney é um homem cis de 43 anos que acabou de conhecer a Wild Nothing e já A-M-A ELES. O que isso tem a ver com cavalos, senhorita? O que isso tem a ver com Ashley, a mulher que queria transar com um cavalo na Irlanda? Hoje eu não pensei em cavalos, mas pensei em mulheres. A menina da lanchonete me deu uma concha que de tão exemplar parece ter se feito sozinha, um dia apareceu já pronta. A parte externa da concha é rochosa de alto-elevo, padrões, projeções, mas por dentro ela é mais macia do que a boca de um lobo, por isso dá vontade de deslizar os dedos, colocar e tirar os dedos de dentro da concha. Em nenhum tempo, a concha começa a suar gotículas de água salgada, o que faz com que os dedos deslizem com redobrada facilidade para dentro e para fora, até o fundo e na borda novamente. Agora com o indicador de um lado para o outro. Percebo que ela quer me contar uma história, encaixo a concha no ouvido e sinto que da minha orelha escorre uma espessa e espumosa baba salgada. Nós chegamos juntas enquanto o Netflix janta sozinho.

JULIA RAIZ (SP)

o leão

O leão sempre permite à presa
o início de seus beijos,
a dor de ter o corpo rasgado

Tira meu vestido pela cabeça
penetra sua fúria porque sabe
minha coragem é um novelo perdido,
na pequena sala da casa,
definhando, desfiando,
estas ancas estreitas,
o peito caído,
a seara de pernas, patas.
Depois silêncio,
não espermas

Lila Maia (MA)

manual pornodidático para homens – uma amostra

I –
raros são aqueles
que me beijam a sombra
entre as coxas:

pra maior parte sou apenas
buraco penetrável,
boca, cu e cona,

chegam logo me enfiando a rola
em dez minutinhos
de estocada frouxa

e está acabado:
meus caracóis ainda secos
e o macho já vira de lado.

pra um dei um manual
de anatomia, bem explicado,
mas ele entender zona erógena

foi trabalho de parto,
e meu metro de busto
permaneceu intacto.

tudo que digo agora é
vida longa às pilhas,
porque não anda fácil:

esse jeito de foder,
meninos, está todo errado.

II –
pra homem tudo é uma questão de falo:
se a vara falha, a noite finda

eu a vida toda me queimando,
ávida, só com dois dedos em riste,

e o menino com dez não faz
nada, me deixa triste.

eu chego em casa frustrada
e mando o burro comer alpiste

– meu bem, de sexo ruim já estou passada,
foi a última vez que me despiste.

LILIAN SAIS (SP)

rapunzel contemporânea

Um homem de longe veio
salvar a moça na torre:
– Rapunzel, atira-me as tranças!
O príncipe que veio te salvar sou eu.
Não tenho medo, criança.
Já matei vampiro, bruxa e dragão
com a lança que tenho na mão.

Uma voz de mulher ouviu,
bem atrás de suas costas:
– Obrigada, há tempos desci!
Matei vampiro, bruxa e dragão.
E com minha mordida até um escorpião.
Cortei os cabelos de cima.
Não combina com esse clima.
Mas se faz questão de tranças,
vê o que dá para fazer com os cabelos daqui!

E sem mostrar vergonha, cerimônia ou insegurança,
ela deitou na relva macia
e mostrou-lhe a buceta mais linda
e a mais peluda que havia.

Lindevania Martins (MA)

nem vem

Desde pequena
Brincar de estátua
Não é comigo

É por isso
Que não paro quieta
No seu pedestal

Não sou vestal
Muito menos musa
Não sou pra ver
Sou pra comer

Lizandra Magon de Almeida (SP)

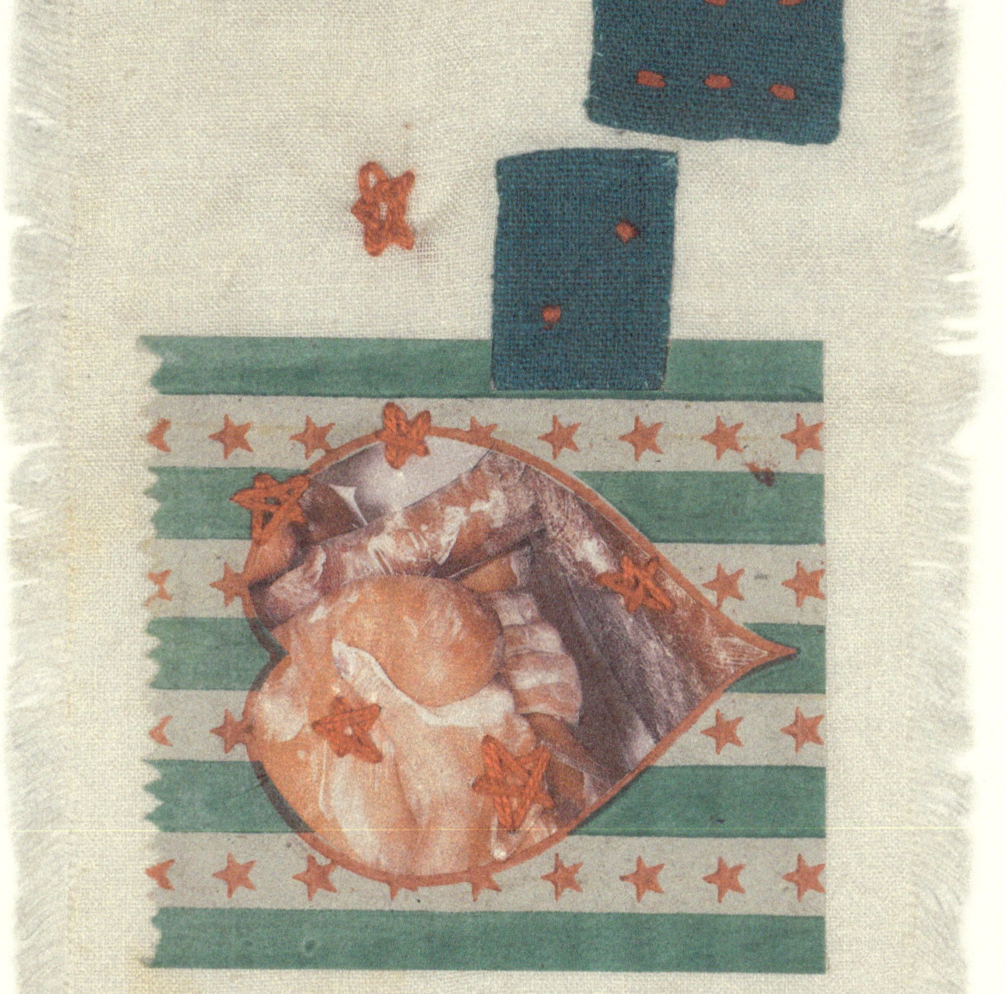

dentro

te laço por cima
te enfio no centro
roço enrosco aperto
ímã
sugo teu gosto
tremo gemo grito
ímã
gozamos dentro e fora
da rima

Lúcia Santos (MA)

gosto

vontade expressa
essa
que ave
move leva chove
e chave
fecha-nos
num abraço
lasso

Lúcia Santos (MA)

pouco caso

Na hora do gozo
tirou o pau da reta
jogou o amor fora
sem dó
como se fora porra
e só
mero *affair* que não dura
um dia dentro

Lúcia Santos (MA)

poucas chances

mesmo que eu soubesse te fazer
esquecer o rosto dele
e lembrar do meu
mais vezes
muitas vezes
tantas vezes por dia quanto se pode lembrar
do rosto de alguém
em seus mais diferentes ângulos em inusitados ângulos
inéditos ângulos
como o meu rosto por exemplo
entre as suas pernas
como o meu rosto por exemplo a poucos centímetros de distância
do seu
encontrando o seu
lentamente entrando no seu
como entraria a minha mão entre as
dobras do seu pescoço
entre as dobras dos seus joelhos
mesmo que você pudesse imaginar o meu rosto como ficaria
incendiado
se você chegasse mais perto
tão perto que só haveria no mundo
os rostos
de nós duas
e tudo que os rostos de nós duas podem fazer um com o outro
dizer um ao outro
mesmo assim

eu sei
há poucas chances
de entrar em você sem que uma de nós termine o dia
incapaz de encontrar
o caminho
de volta

Maíra Ferreira (RJ)

ah! não Posso

Se uma frase se pudesse
Do meu peito destacar;
Uma frase misteriosa
Como o gemido do mar,
Em noite erma, e saudosa,
De meigo, e doce luar.
Ah! se pudesse!... mas muda
Sou, por lei, que me impõe Deus!
Essa frase maga encerra,
Resume os afetos meus;
Exprime o gozo dos anjos,
Extremos puros dos céus.

Entretanto, ela é meu sonho,
Meu ideal inda é ela;
Menos a vida eu amara
Embora fosse ela bela.
Como rubro diamante,
Sob finíssima tela.

Se dizê-la é meu empenho,
Reprimi-la é meu dever:
Se se escapar dos meus lábios,
Oh! Deus, – fazei-me morrer!
Que eu pronunciando-a não posso
Mais sobre a terra viver.

Maria Firmina dos Reis (MA)

In: *Poemas avulsos* (editora Amare Books)

confissão

Embalde, te juro, quisera fugir-te,
Negar-te os extremos de ardente paixão:
Embalde, quisera dizer-te: – não sinto
Prender-me à existência profunda afeição.
Embalde! é loucura. Se penso um momento,
Se juro ofendida meus ferros quebrar:
Rebelde meu peito, mais ama querer-te,
Meu peito mais ama de amor delirar.

E as longas vigílias, – e os negros fantasmas,
Que os sonhos povoam, se intento dormir,
Se ameigam aos encantos, que tu me despertas,
Se posso a teu lado venturas fruir.

E as dores no peito dormentes se acalmam.
E eu julgo teu riso credor de um favor:
E eu sinto minh'alma de novo exaltar-se,
Rendida aos sublimes mistérios do amor.

Não digas, é crime – que amar-te não sei,
Que fria te nego meus doces extremos...
Eu amo adorar-te melhor do que a vida,
melhor que a existência que tanto queremos.

Deixara eu de amar-te, quisera um momento,
Que a vida eu deixara também de gozar!
Delírio, ou loucura – sou cega em querer-te,
Sou louca... perdida, só sei te adorar.

Maria Firmina dos Reis (MA)

CANTOS À BEIRA MAR

uma tarde no cuman

Aqui minh'alma expande-se, e de amor
Eu sinto transportado o peito meu;
Aqui murmura o vento apaixonado,
Ali sobre uma rocha o mar gemeu
E sobre a branca areia– mansamente
A onda enfraquecida exausta morre;
Além, na linha azul dos horizontes,
Ligeirinho baixel nas águas corre.
Quanta doce poesia, que me inspira
O mago encanto destas praias nuas!
Esta brisa, que afaga os meus cabelos,
Semelha o acento dessas frases tuas.

Aqui se ameigam de meu peito as dores,
Menos ardente me goteja o pranto;
Aqui, na lira maviosa e doce
Minha alma trina melodioso canto
A mente vaga em solidões longínquas,
Pulsa meu peito, e de paixão se exalta;
Delírio vago, sedutor quebranto,
Qual belo íris, meu desejo esmalta.
Vem comigo gozar destas delícias,
Deste amor, que me inspira poesia;
Vem provar-me a ternura da tu'alma,
Ao som desta poética harmonia.

MARIA FIRMINA DOS REIS (MA)

In: *Poemas avulsos* (editora Amare Books)

por isso inventaram os quartos

minha boca na sua
buceta durante a sua boca na minha
buceta isso visto de fora
por alguém com sobrenome
dizem que parece tão inofensivo
quanto uma aranha
peluda imensa solta tremendo
de fome

Maria Isabel Iorio (RJ)

o pêssego

Na textura da fruta
afundo minha unha:
estará madura?

Desponta na abaulada penugem
a meia-lua
– impressão digital do meu gesto
indeciso
entre afeto e arranhadura.

Que sente a fruta?

Do poço da sua seiva
um calafrio perplexo me reconhece
na gota que se liberta.
Transpira o pêssego o pensamento mais denso
(o último)

porque
entrementes
(e ainda úmido de queixa)
tudo deixa contra o brilho dos meus dentes.

Maria Lúcia Dal Farra (SP)

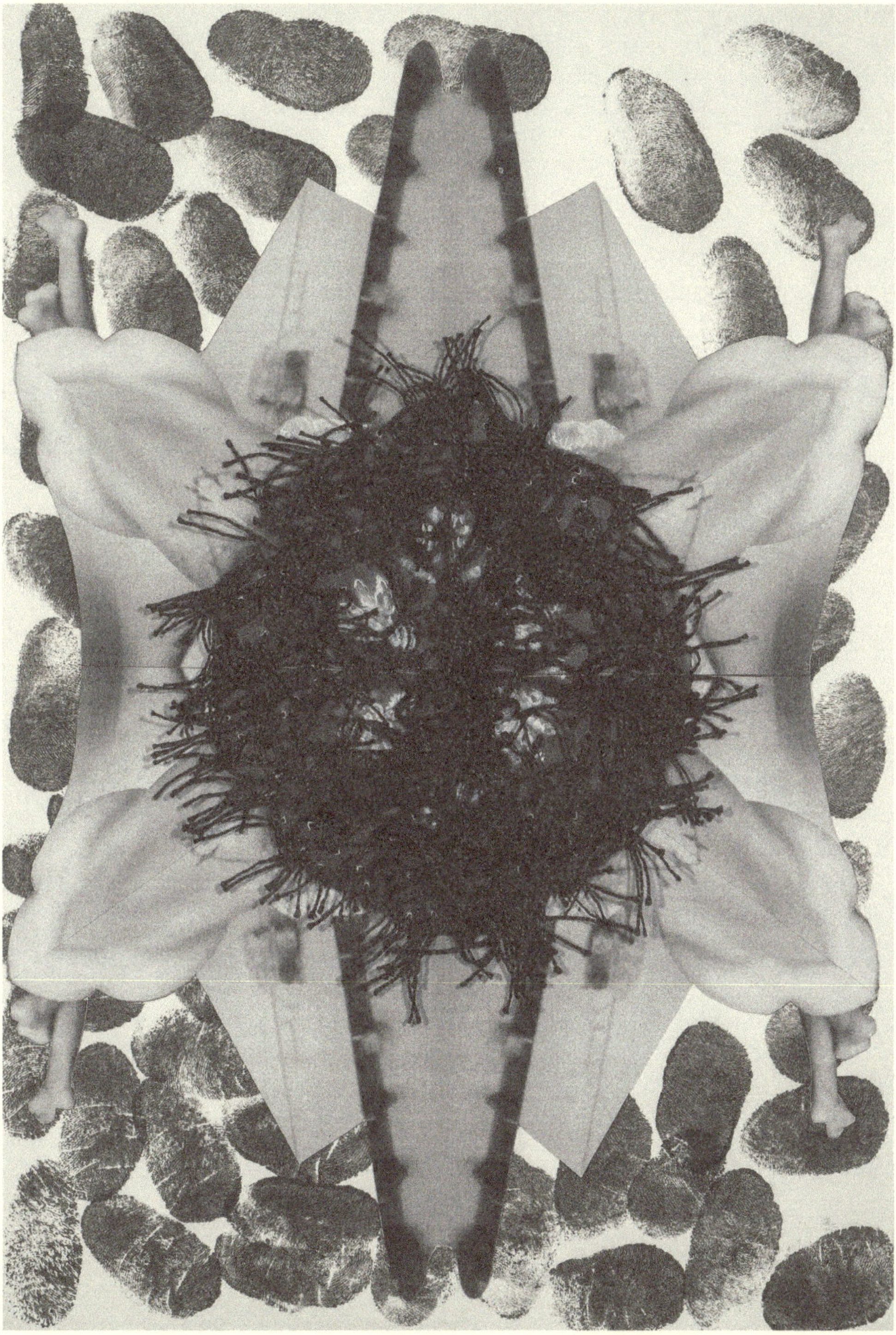

lesbos

Tua pele sob minhas unhas
o gosto do sexo na boca
[como em Lesbos
o gozo nos dedos
um corpo marcado a dentes
[com fogo, em algumas línguas
todos os músculos sedentos
o amor deve ser essas evidências
e sua impermanência, ela disse

Mariana Paim (BA)

iii

> "Tenho uma mulher atravessada em minhas pálpebras"
> Eduardo Galeano

balbuciei teu nome inúmeras vezes

os "erres" me coçavam o céu
da boca com a ponta da língua
os "as" seguidos fazendo sílabas sonoras
dançantes
o "esse" do segundo nome
herdado de tua avó –
soprando entre os dentes

letras escorriam molhadas
repetidamente pela cavidade bucal

engoli
lambi os lábios

.tenho um poema na boca.

as tubulações da cidade
me ardiam os ouvidos
bendição de vozes gritos ecos que exalam das sarjetas
do aço tijolo osso cimento semáforo palato –
murmuram
passos marcados por maracás

giras guiadas por atabaques
beats e rodas movidos por rimas

balbuciei teu nome um tanto de vezes

rasgava um dia que
insistentemente surpreendia
em amanhecer

alguém sempre vivo
alguém sempre morto
(nunca é qualquer a cor do corpo)
algum sexo encharcado em pétala
outro áspero e violado
rasgava mais um dia
exausto e persistente
com gosto de gente

ecos do passado
no bico de um Carcará

.tenho uma poeta entre os lábios.
teu nome
balbuciava
o alvorecer
no céu
da minha língua

o canto do teu olho me arrebatou
furtivo

derrubou dos meus lábios
uma penca de risos
meu poema favorito
a ponta das minhas
esporas

um texto pelos viscos das peles
ventos uivando dos contornos
no encontro dos poros ocos

. tenho um poema entre os lábios.

amanhecia a
semana
um grunhido
entre os dentes
helicópteros de gemidos
metálicos
mares batendo nas rochas
das paredes do quarto

algo quente
na ponta dos
dedos

o fino corte
dos pelos
papilas
gustativas
glândulas salivares

suspendendo
quadris
febris
pelos ares

balbuciei
teu nome
mulher
mastiguei
com os caninos
os suspiros
lambi
com calma –
as palavras
gosto de pitanga
maracujá
pimenta de aroeira
caju
sucupira

algo em mim era menos cimento –

caminhei pela
selva de pedra
com o sal
no corpo

uma poeta me ardia na boca.

Mariana Queiroz (MT)

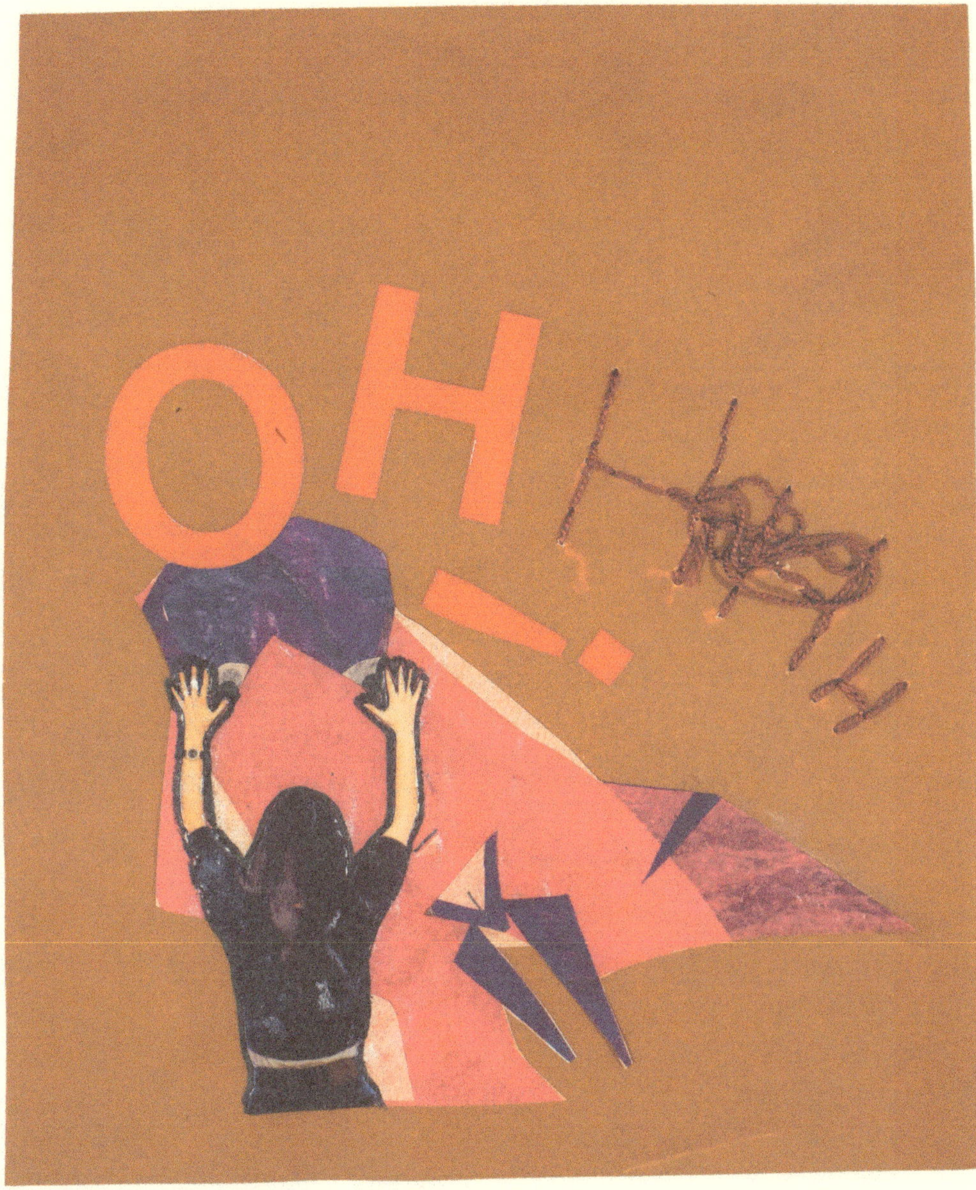
OH!

feito bicho

eu te venderia
poemas orgânicos
na feira de implementos
agrícolas para mulheres
autônomas

até vestiria aquela camiseta
de duas golas a mais
a que uso quando ponho
meus mamilos pra pensar

faria
fosse feito bicho

polvo é um cérebro
tão igual ao nosso
e as minhas mãos aqui
tão distantes do que querem

MARÍLIA FLOÔR KOSBY (RS)

tatame

esta exata bússola
esta agulha
da minha língua em chamas
[e que te chama]
aponta o extremo oriente
do meu corpo
[encontre-se, moço]

e perca-se apenas
na fina seda
do meu casulo
de bicho-borboleta

caia em minha rota
em minha viagem
[sem volta]
renda-se
no tatame da minha luta
meio delicada
meio bruta

e seja, sim,
a manhã do meu ying
água do meu sangue
sol nascente
vibrante flor de cerejeira
em minha boca

que te floresce
e que te beija

e dê para mim

dê para mim
a luz e o sabor
dos jardins do imperador

deleite e mel
leite e dor

amor

MICHELINY VERUNSCHK (PE)

quando meu corpo quedar sobre o teu

quando entrares em mim
com sutileza
não peças para que eu esqueça
as agonias de te sentir
quando meu corpo quedar sobre o teu
revigora-te o desejo
aproveita o ensejo
e te demoras em minhas entradas
faz delas tuas moradas
exílio refúgio
suplica em uivos
que eu te devore

MIKAELLY ANDRADE (CE)

com uma mistura de devoção

e lascívia
me ajoelho diante de ti
e junto na palma de minhas mãos
o teu sexo
recebo-o como quem segura
a hóstia consagrada
dissolvo em minha boca
e fecho os olhos em comoção
o sexo
é também um estado de graça

MIKAELLY ANDRADE (CE)

tem calma que esse balanço

não vai acabar agora
ignora o tempo
ignora as horas
me habita com serenidade
sou tua cidade
passeia por mim
faz registro com tua língua
e usa também teus dedos

MIKAELLY ANDRADE (CE)

aproximações amorosas

1. Tenho sonho, saudade e distância. Caminho paciente uma estrada traiçoeira. O vacilo prescreve. Revigoro o ritmo. Tenho pernas resistentes e um coração ansioso, mas inatacável. Tenho meta: chegar em casa. Não a casa dura, concreta demais; mas a casa amorosa, onde meu bem-querer te habita.

2. Quando a tua mão busca o justo espaço, o espaço posto, o espaço falta, quando a tua mão busca, espalma, quando a tua mão busca coluna, pele, quando a tua mão busca osso, a tua mão busca, digo, quando busca, a tua mão busca quando busca qualquer coisa no meu corpo, digo, quando ela busca não para encontrar, mas para seguir buscando, assim quando a tua mão busca em mim; é sempre nosso encontro.

3. Com quantos copos de armagnac liquefaz-se o amor entre duas mulheres?

4. Ao acordar, te chamo. Você: lenta. Dentro do sono. Profunda: você. Eu: superfície. Antemanhã. E te chamo naquela hora aquosa em que o peso do corpo é nulo. Te chamo na hora em que tua coxa cobre o lençol amassado, na hora que faz calor dentro (e tua coxa nua embaraça a cama). Te chamo. Você: úmida. Desenho: saliva sobre travesseiro. Ao acordar: vinco, visco, isca, fecho os olhos. Você: presença.

5. Bravura: a minha vida e a tua.

NATALIA BORGES POLESSO (RS)

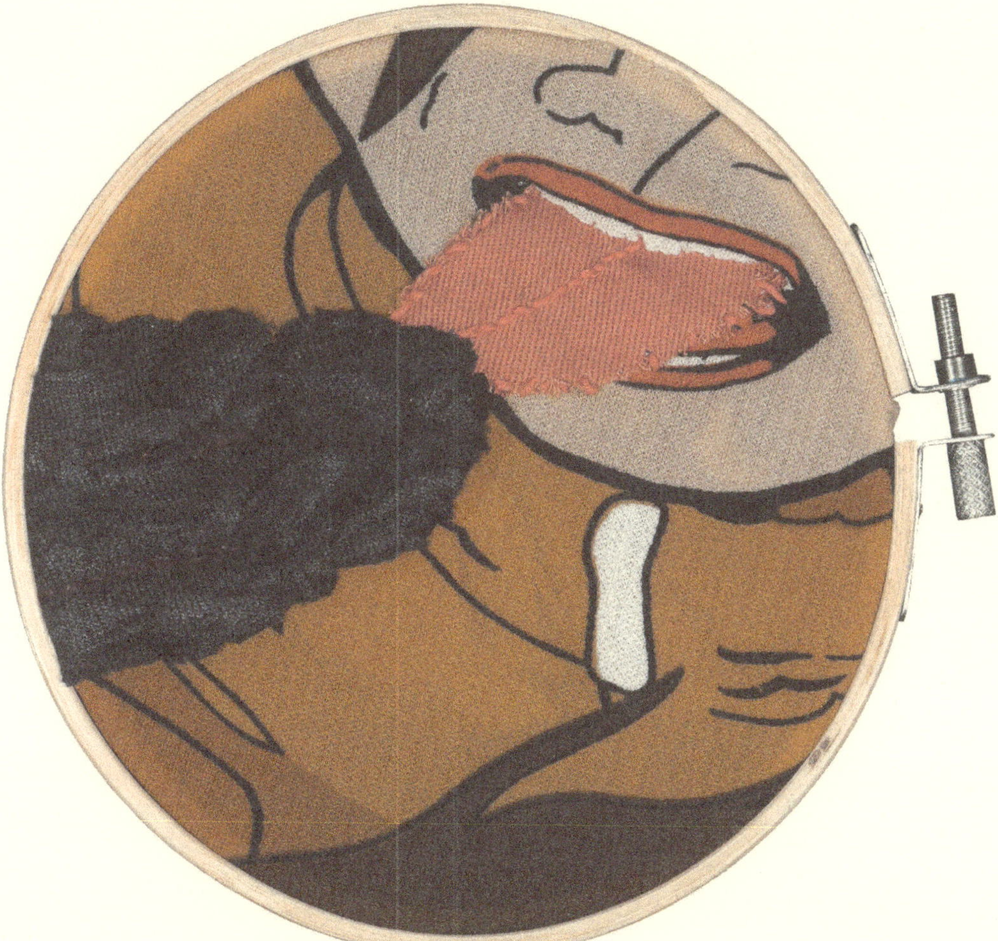

números

1
conheci um homem com mãos pequenas
ele é bom pra mim.

2
decidi usar
aquela lingerie trançada que j. me comprou
antes que eu lhe lambesse o períneo
e ele arreganhasse as pernas
feito um caranguejo no jato de água quente

3
ontem usei
aquela lingerie trançada que j. me comprou
dessa vez com o homem de mãos pequenas

espero que ele me lamba o períneo
com o mesmo entusiasmo
com que me conta suas histórias de pescador

4
em dias ruins eu olho aquela lingerie
penso em colocar fogo nela
mas também penso
se colocar fogo nela
mas não nas mensagens do chat
seria uma atitude
um tanto incongruente.

5
não posso colocar fogo
em mensagens de texto
obviamente.

apenas deletá-las também
não ajuda a sustentar a ideia
anarquista da coisa toda

por isso
guardo a lingerie no fundo da gaveta
debaixo das meias
junto com as ligações perdidas

6
acredito no horóscopo e em telepatia
com a mesma força dos estribos contra o colchão
vazio

enquanto leio rayuela
faço da maga minha melhor amiga

a cabeça cheia de ácaros.

descolo o esparadrapo da webcam
num frenesi perigoso
ignoro a maior fobia dos anos 10 e
falo alto e danço afetadamente
como se j. me vigiasse
do outro lado.

7
hoje o homem com mãos pequenas
elogiou minha bunda flácida
os tons violeta dos tapas

ele dedica algumas noites a mim sem pressa
dedico algumas noites a ele também.

de certa maneira
fazemos como manda a bíblia

ele não me compra flores
nem me promete o próximo encontro
mas me lambe o períneo
e se arranja sobre minhas coxas
como se flutuasse,

o homem com mãos pequenas

ele é bom pra mim.

simulamos ambos a consistência de um carinho
fingimos que não há um abismo
além do sexo

ou apesar dele

creio que nos saímos muito bem
nesse contrato velado
sem muitos constrangimentos.

8
não é o pesadelo,
é o que vem depois

9
às vezes me esqueço que o homem de mãos pequenas
e j. não são o mesmo homem.

além do fato de que j. tem dedos longos de goleiro,
o homem de mãos pequenas
não grita comigo antes de dormir
nem me tira a voz através da compressão do pescoço
contra a parede cor de jambu.

às vezes quase me esqueço que j. não está mais aqui
e recorro ao colo da maga
afobada.

outras vezes
me esqueço completamente

o homem de mãos pequenas e j.
podem ser algum dia
o mesmo homem.

NATASHA FÉLIX (SP)

s&m

                          vai mostrar os dentes
             sagaz me deitar a mão na buceta
                  esperar que eu relinche
                     como se fosse fácil.
                   4 patas dizendo o chão.
                    peitos em caixa alta.
                      focinho molhado.
       saber o coice antes do coice dói mais.
                          é bom.
                    o tapa vem de baixo.
                 pasto aberto não corro.
                 relincho espero a água.

riscos lembrando a casca do abacaxi.
seu nome chegando
na minha boca eu sou
a violência de um lugar onde o sol
                        essa promessa.
ácido te deixo falar as palavras certas
em nenhuma delas   resgate
relincho
mordo a ferida imploro mais três
gosto quando dói   é bom.
acredito merecer.

Natasha Félix (SP)

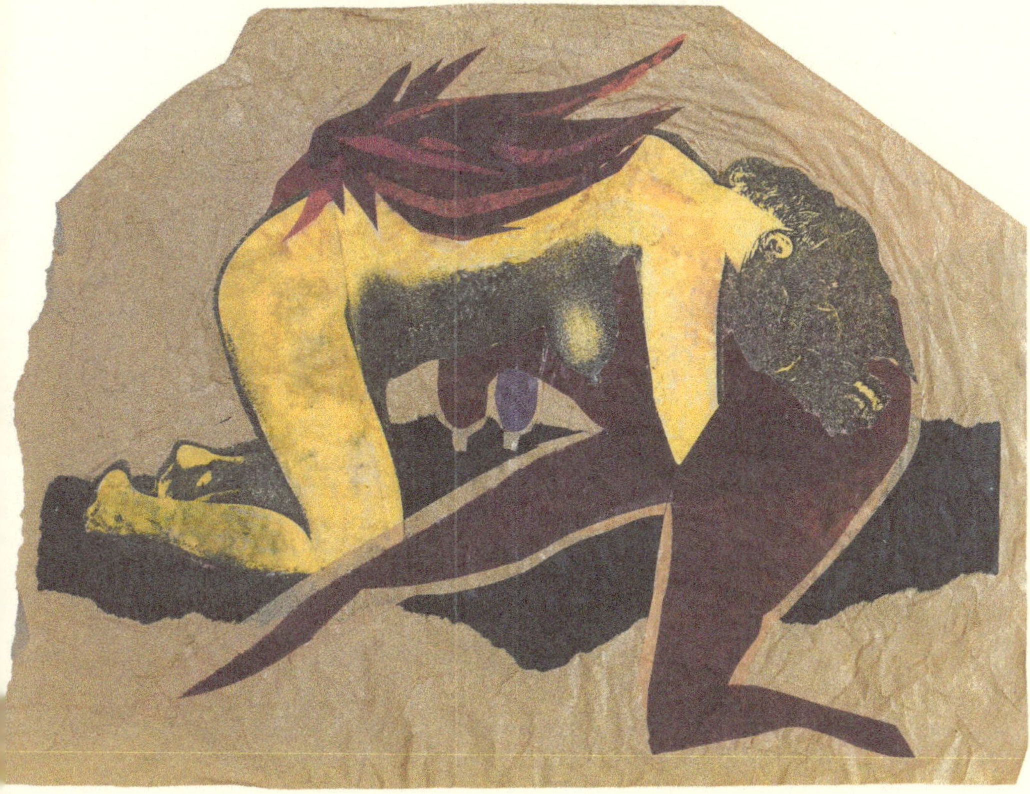

micro.

colossal, começou pelo pé 42. enorrrme. e a cada peça tirada mais imensa me vinha. e eu precisava ver a boceta dela pra ter certeza que era mesmo uma mulher. nua. completamente nua vi a fêmea em cada pêlo. era mulher em cada poro e até no pé de número 42, sobtudo. mais mulher que qualquer outra e mais até que a que me engana, se mente, chamada minha. é muita mulher. até pra mim que não posso, não posso porque só poderia matá-la com um beijo.

Nina Rizzi (SP/CE)

de todas as tragédias

a mais bonita e a mais
doída

foi te oferecer como teu
próprio corpo
o meu coração

transformando-me na
tua anatomia.

Pâmela F. Filipini (RO)

esganada

então eram
os lábios, os músculos
as terminações
nervosas
e empáticas
depois o abismo
no prato inteiro
de uma só vez
sorveu as palavras
e as sílabas
estalavam entre os dentes
engolia sem mastigar
enquanto som
e ritmo
escorriam pelo queixo
os olhos vidrados
atropelavam parágrafos
a cada gota escorrida
ficava mais líquida

soltou-lhe a jugular
tinha metáforas demais

PILAR BU (SP)

Fonte: https://issuu.com/revistasubversa/docs/revista_subversa_vol.4.n__9.maio201

s/título

Se eu soubesse
Em qual acorde
Te despertaria
Eu te dedilharia
A noite toda
E um pouco do dia

Ravena Monte (CE)

fonte: https://pt.scribd.com/document/369894659/004-revista-trimestral1

a vida nos vulcões

dizer-te que a tua proposta
de cirurgia é válida, meu amor:
seccionar a simbiose brutal
dos teus excessos e dos meus
me parece menos absurdo
que este hálito dionisíaco, que não se dissipa,
que não se dissipa e me precede, exasperada,
em dobradiças matinais,
quando vens, agitando os braços, italiano
e compacto, sobretudo quando vens, meu amor,
coiceando alho-poró por toda a sala,
ungido por um urano qualquer desembestado,
até o ponto inabalável de fulgor,
um netuno mergulhado em chamas azuis inflamáveis,
invertidas como o arcano dependurado do tarot.

no fundo pode ser simples, querido,
este quinhão trêmulo de carne acesa
no desvão das coxas ensina
a todos que acalentam silenciosamente
um grande tóxico terror íntimo,

o mistério impronunciável do amor.

Rita Isadora Pessoa (RJ)

A vida nos vulcões (Oito e meio)

roma

estela cerco pós de areia
olhos barbados que não escolhem
escorrem caminhos, desfeitos
goela ao vento encontram a ida
que toda já não passa
de retorno
à estela ao cerco pós de areia

entremeio passo e golpe
o mato nu come a carne do plexo
e o sexo faz tranças no ouro
das gengivas dedilhadas porque amamos
a busca de não estar

chegar adormecido ao início
já que o curvar-se é todo não
deixar de matar o que encurva
ganhar mão para tocar-te
cerca viva de jornada
só a isso e ao que endura

o fogo de não estar
lenha graxa de não haver
tórpida dança de não ir

nostálgicos do não-
lugar

Roberta Ferraz (SP)

comum de dois

Em comum,
temos os álibi
o hálito das línguas
ambíguas...
ágeis

em comum,
o calor morno
das salivas
dissolutas
das tardes líquidas
e mudas

em comum,
as incertezas
os mesmos medos:
somos quase
predadores
da mesma presa

incomum
é nosso hábito
– que rápido
nos consome
ainda que
seu toque
(dentro de mim)
demore

Sandra Regina (SP)

diria

mas antes do nome
os dedos desviam e
atravessam este corpo que poderia ser
com o teu:

um só

campo aberto
cavalo e cavalgada
cavalo e cavalgada
até que dos lábios
um sussurro trêmulo
dissesse:

este cometa demora muito tempo para completar uma volta ao sol

anos

o suficiente para
cabelos brancos
se confundirem nos
pentes da casa
entre pelos ralos
pernas entrelaçadas
o mesmo gosto
o mesmo líquido

a boca insaciável
a dizer
um verso
um só:

esse eco vagando pela areia da praia é bem maior no deserto

a língua trêmula
buscando escape
para isto que é mar
e que não descansa

um verso
um só:

Sara Síntique (CE)

fonte: http://www.literaturabr.com/2017/10/04/poesia-de-sara-sintique/

la habana, enero 2017

tomei um gosto por azul
que adveio dos teus lábios
somente agora percebo
essa cor
que me invade
feito tuas mãos no amanhecer
e assim sei de ti:
teu rosto é toda essa cor
que atravesso a nado

Sara Síntique (CE)

as moças

Como duas moças se encontram
pelas moitas? Como entram duas vulvas
sob a colcha?
como sem mergulho
marulham no fundo os líquidos
de uma na outra?
Como, como –
por que poder de Deus
– as moças
se comem se comem se comem
com as coxas?

Simone Brantes (RJ)

pote

Você acha que sexo é isso:
três
ou quatro
posições
e executá-las?
Você quer
muito
muito mesmo
que eu goze?
Então vamos por partes –
não se vai com tanta sede ao pote –
Primeiro: fabricar a sede
Segundo: fabricar o pote
Terceiro: deixar que a água jorre

SIMONE BRANTES (RJ)

brisa

A brisa que bate em mim,
me penetra.
Vai dentro da alma, me seduzindo,
limpando cada curva do meu eu,
trazendo esperança de um dia bom.
Todos meus poros explodem vida,
pedindo amor, amar, amor...
O meu eu vai se dividindo,
se dilacerando em passado e presente.
E vem aquele não sei o que, de repente,
trazendo à mente, um sentimento,
vários sentimentos de uma só vez;
correndo nas veias, no útero da alma,
parindo paz, vontade de viver;
de ser somente dois em um ser,
de ser somente eu, para sermos nós.

SOFIA MATHIAS (SP)

In: *De corpos e almas* (editora LR)

orgasmo do mar

A correnteza macia do rio da vida,
leva a minha alma,
para o encontro com as águas do mar,
que todos os dias se prepara,
para essa fusão de dois corpos transparentes,
sedentos de união.
E quando esse milagre se incorpora,
um colorido, que só pode ser sentido,
jamais visto,
toma conta desse cenário imaginário.
E formam-se ondas grandiosas,
espumando de emoções indescritíveis,
mas possíveis, até para os ateus...
Mas é preciso se entregar ao oceano,
sem temor ou dor;
porque só existe a dor de não se dar,
de não querer se misturar ao mar.
E quando você sentir, que não é mais dona de si,
que todo o seu ser já faz parte de uma coisa maior,
que tudo que possa ser tocado,
então sorria.
Ria muito; sinta a umidade da sua pele;
goze as profundezas dessas águas sagradas...
Não se assuste quando sentir como você é imensa,
segmento de um outro corpo,
parte do oceano.
Agradeça aos céus... você é uma mulher...

Sofia Mathias (SP)

o que é o esclarecimento?

essa semana já perdi as contas
de quantas vezes deitei comigo
e gozei
pelos pedaços perdidos
ainda mais do que costumava me dar
seu corpo

o que alarga a satisfação
eu não sei se é
o abismo da falta
ou os dedos treinados
sob pressão

me movo
grata por toda a minha ignorancia

Taís Bravo (RJ)

mulher tocando

depois de um violoncelo
um ângulo só é soberbo
quando nos acusa os pelos
de ritmo sobre arco ou
nado entre notas e escamas
cavalgamento
noutra cabeceira o peso
sucumbe farto ao enxágue
enquanto o enlevo grava a
hípica música do pertencimento.

Tatiana Pequeno (RJ)

assinatura

a urna avermelhada que trago
por dentro da costura deixa
aberta a poça que me sai de
baixo e o ventre é de onde
partem os naufrágios quando
mudas as viagens trazem o mar
e finados são os filhos as luas
todas as mulheres são cruzes
punhos vapor e sentinelas
acordam várias lâminas de
passagem sobre o chão e a
pedra – fêmeas criam estirpes
de fria couraça e também
preparam a dura e lenta sorte
dos que perdem o medo e a
parte sedada de si. nas urnas
não adoecem mais as aves
lançam elas o corpo trançado
das labaredas. queimam os
obituários e as lapelas tidas
como cimento para o Amor
e para os nomes.

Tatiana Pequeno (RJ)

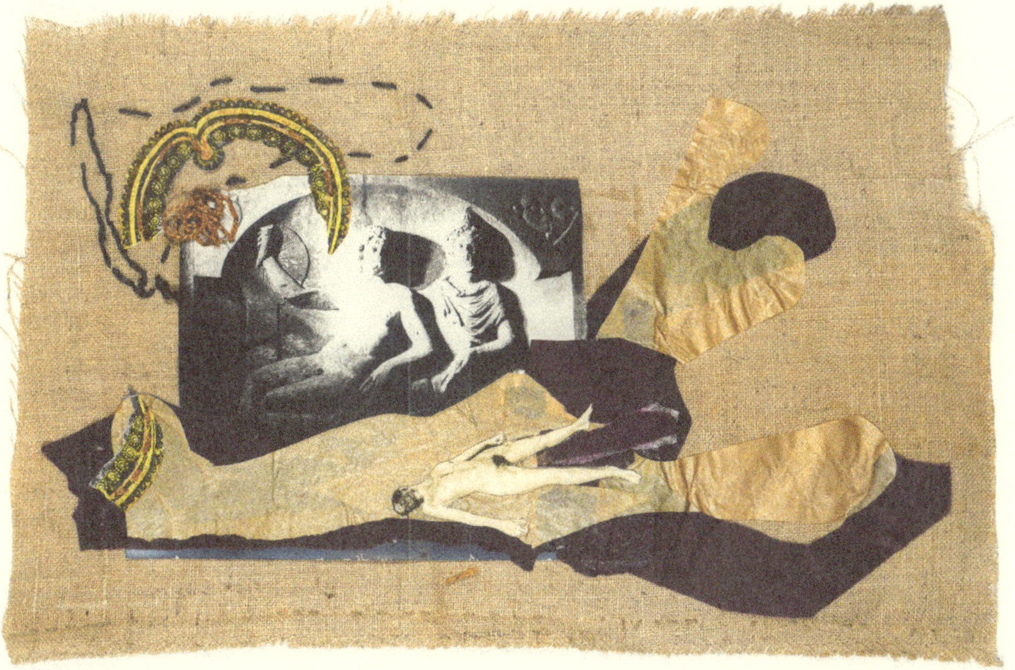

nos seus dedos

mora sempre
um pouco
de mim

Thalita Coelho (SC)

proposta

Posso te oferecer
Tantas respostas
Não precisa
Tirar a venda
Eu tô disposta
A não te machucar
Se eu te pegar por trás
Se eu te algemar
Vai melhorar
Se eu te segurar
Pela corrente
E te lançar contra a parede
Se eu afivelar
Uma mordaça-bola
Na sua boca
Se eu estalar
Nas suas costas
Um chicote
De 8 tiras
Vai passar
Se eu comprimir
Seu calcanhar
Numa tornozeleira
E te estrangular
Com uma coleira
Vai curar
A ferida crua

Exposta
Roçando
A sua jugular
Você não vai mais ser o mesmo
Pressionando o peso
Do meu peito
Contra o seu
Eu te prometo
Um transe delicado
Eu te ensino
A sufocar
Nas minhas mãos
Eu te ensino
A urrar
Com o dedo
No seu rabo
Dois três quatro
Você vai pedir
Pelo meu braço
Não creio que você
Saiba o que é prazer
Um pouco de dor
Para afastar
A dor

Yasmin Nigri (RJ)

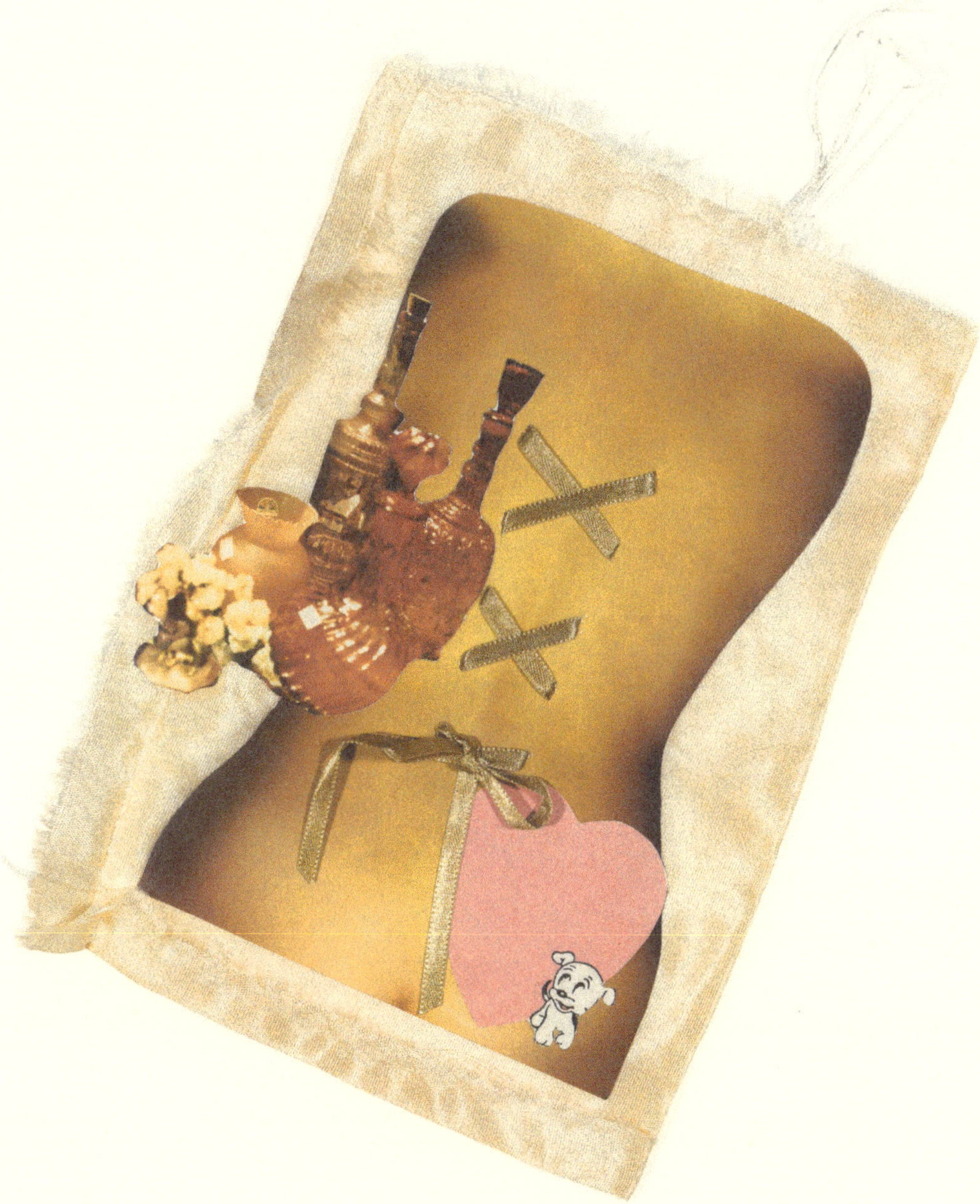

As autoras

ADELAIDE DO JULINHO. Musa de quatro importantes personalidades do cenário nacional (um poeta, um escritor, um músico e um político – de direita). Poeta neobarraco, está em *Amar é abanar o rabo*, de Jovino Machado (Belo Horizonte: Excelente, 2009) e *Dedo de moça – uma antologia das escritoras suicidas* (São Paulo: Terracota Editora, 2009). Foi um dos autores convidados da mostra #Tuiteratura (São Paulo: Sesc Santo Amaro, 2013).

ADELAIDE IVÁNOVA é jornalista e ativista pernambucana, trabalha com poesia, performance, tradução e edição. Tem oito livros, publicados em cinco países. Edita o zine de poesia anticapitalista *MAIS NORDESTE, POR FAVOR!*. Em 2018, ganhou o Prêmio Rio de Literatura por seu quinto livro, *o martelo*, na categoria poesia. Desde 2011 vive em Berlim, onde tentava ganhar a vida como babá e garçonete, até a pandemia se instalar. Respeita a quarentena porque, além de ser asmática, acredita na ciência.

ANA KIFFER é escritora e pesquisadora. Vem trabalhando desde sempre sobre as relações entre corpo e escrita e sobre os afetos político-subjetivos. É colunista da Revista Pessoa, autora dos livros de poemas *Tiráspola* e *Desaparecimentos* pela Editora Coletivo Garupa, 2017, *Todo Mar* pela Editora Urutau, 2019 e os ensaios-poéticos *Do Desejo e devir – o escrever e as mulheres*, Lumme, 2019

ANA RÜSCHE (São Paulo, 1979) é escritora e pesquisadora. Doutora em Estudos Linguísticos e Literários pela Universidade de São Paulo, atua nas áreas de ficção científica, utopia e literatura escrita por mulheres. Seus últimos livros são *Do amor* (Quelônio, 2018) e *A telepatia são os outros* (Monomito, 2019). www.anarusche.com

ARA NOGUEIRA é artista plural formada em Produção Cultural na Universidade Federal Fluminense e em Arte Dramática na Escola de Teatro Martins Penna, é autora de fanzines *Xereca Satânica, Pornozine* & *Atamezine*. Pesquisa narrativas do corpo e sexualidade com poéticas que mesclam novas tecnologias.

AYLA ANDRADE (1978), também conhecida nos bares do Benfica, em Fortaleza (CE), como "Dama da Noite", é uma das fundadoras do grupo "Parafernália". Publica seus escritos, desenhos e colagens em "zines" e na revista "Gazua", e também se apresenta fazendo leituras dos poemas e contos em rodas de poesia e projetos culturais.

BRUNA ESCALEIRA é jornalista e escritora. Nasceu em 1988 em São Paulo e renasceu mãe em 2019. Pesquisa poesia erótica e feminismos na USP e edita a coluna "AzMina dão a letra" na Revista AzMina. Tem dois livros de poesia publicados: *entranhamento* (Patuá, 2014) e *algo a declarar*. (Com-Arte, 2016).

BRUNA KALIL OTHERO é autora das obras de poesia *Oswald pede a Tarsila que lave suas cuecas* (2019, premiado pelo Ministério da Cultura), *Anticorpo* (2017), *Poétiquase* (2015), e do livro-objeto de ficção *Carne* (2019). Seu livro inédito *Tinha um Pedro no meio do caminho* foi premiado pela Secretaria Especial de Cultura (2019).

CAROLINA LUISA COSTA é carioca geminiana, desceu na terra em 23 de maio de 1988. Poeta, artista, arte-educadora e estudante de Arquivologia. Já escrevia bastante quando, aos 11, fez o primeiro poema. De lá pra cá participa de saraus, entre eles o "CEP 20000". Tem poemas publicados no *Cadernos do CEP* e no site da iniciativa Mulheres Que Escrevem. Como integrante da Respeita, coalizão de mulheres poetas e artistas, participou da publicação São nossas as notícias que daremos.

CECÍLIA FLORESTA afrodescende, é escritora, editora e tradutora. pesquisa narrativas e poéticas ancestrais iorubás e seus desdobramentos na diáspora negra contemporânea, macumbarias, lesbianidades e literaturas insurgentes. Tem editados os *poemas crus* (Patuá, 2016), *genealogia* (móri zines, 2019) e *panaceia* (Urutau, 2020).

CRISTIANE SOBRAL é carioca e vive em Brasília. Escritora, poeta, atriz e professora de teatro. Bacharel em Interpretação Teatral (UnB). Licenciada em Teatro. Especialista em Docência. Mestre em Artes. Tem nove livros o mais recente: *Dona dos Ventos*, Ed Patuá. Dirigiu a Cia de Teatro Cabeça Feita por 17 anos. Em 2019 fez palestras sobre literatura negra em 09 universidades estadunidenses inclusive Harvard.

DANIELI CHRISTOVÃO BALBI é Doutora em Ciências da Literatura pela UFRJ, professora da Escola de Comunicação Social da UFRJ, Diretora Nacional da UNA LGBTQI e Assessora Comissão de Promoção dos Direitos das mulheres da ALERJ. Dani também assina coluna sobre cinema e literatura no portal Vermelho.

ÉRICA ZÍNGANO (Fortaleza-CE, 1980) é poeta e também realiza trabalhos em artes visuais e performance. Morou quase 8 anos na Europa e em 2019 decidiu voltar ao Brasil. Atualmente, faz um doutorado em Lit. Comparada na UFC, estudando Lit. Brasileira Contemporânea. Publicou alguns livros de poesia.

ESTELA ROSA é poeta, caipira e tradutora, nascida em Miguel Pereira. Curadora da iniciativa Mulheres que escrevem, é mestranda em Letras e integra o Laboratório de Teorias e Práticas Feministas da UFRJ. Seu livro de estreia, *Um rojão atado à memória*, foi finalista do Prêmio Rio de Literatura 2018.

EVELINE SIN é artista e poeta nascida em Natal, RN, em 19 de fevereiro de 1982. No graffiti desenvolve sua pesquisa artística desde 2007, onde descostura dores e agonias com muita força e personalidade. como poeta é autora de *FEVEREIRO*, 2018; *Capim Santo – Eveline Sin Até Aqui*, 2017; *Manga Espada*, 2015; *Na Veste Dos Peixes As Palavras De Ontem*, 2014; *Devolva Meu Lado De Dentro*, 2012, *Ensimesma* – coleção PortaPoema, 2012. É também AREIA inutensílios, Poesia em Vinil, 37GRAUS – espetáculo literomusical, "Menor Slam Do Mundo", "Sarau DoBurro" e "Selo DoBurro".

GABRIELA FARRABRÁS é poeta, mas não só. trabalha nos subterrâneos de São Paulo transportando pessoas, desejos, tristezas y vidas. é militante trotskista e carrega a vontade pela arte y revolução desde 1993. possui dois zines publicados: *Geni e Amélia nunca transaram* e *Coçar até abrir ferida*.

GERUZA ZELNYS é escafandrista com doutorado em literatura líquida. Defendeu a tese de que só os peixes morrem afogados. Criou o curso de Escrita Curativa. Publicou vários livros. É professora, tradutora, poeta, rezadeira e equilibrista. Mora em São Paulo, mas vive no interior.

HELENA ZELIC (São Paulo, 1995) é poeta, comunicadora, militante feminista. Graduou-se em Letras pela Universidade de São Paulo. Publicou os livros *Durante um terremoto* (Patuá, 2018) e *Constelações* (Patuá, 2016) e as plaquetes *3.255km* (nosotros, 2019) e *Caixa preta* (Primata, 2019). Participou de antologias, encontros e leituras. Mais informações em helenazelic.wordpress.com

JANAÚ é artista-educadora e poeta. Batizada Txondária pelo povo Tupi-Guarani Nhandewa, tem origem Marajoara e é militante da causa indígena. Ama o mar.

JORGEANA BRAGA (São Luís, 1975) é uma escritora e poeta brasileira. Publicou a coletânea de poemas *Janelas Que Escondem Espíritos* e o volume em prosa *A Casa do Sentido Vermelho*, pelo qual recebeu o Prêmio Aluísio Azevedo no XXXIV Concurso Literário e Artístico Cidade de São Luís. Tem inéditos os livros *Cemitério de Espumas* (no prelo) e *Abololôs: poemas para caixa de fungos* e *Sangrimê* (prosa). Vive e trabalha em São Luís do Maranhão.

JULIA RAIZ é escritora e tradutora. Edita os blogs literários Totem & Pagu e Pontes Outras. Lançou o livro *diário: a mulher e o cavalo* em 2017 (ContraVento editorial) e o megamini *p/ vc* (7Letras) em 2019. Faz parte do coletivo de escrita membrana e mantém o podcast Raiz Lendo Coisas, @julia.raiz

LILA MAIA é maranhense e vive no Rio de Janeiro. Poeta, pedagoga. Escreveu os livros de poemas: *As Maçãs de Antes* (vencedor do Prêmio Paraná de Literatura/2012 – Prêmio Helena Kolody de poesia); *Céu Despido*/ 2004 (vencedor do II Prêmio Literário Livraria Scortecci-SP); *A Idade das Águas*/1997. Em 2013 ganhou o Prêmio Infantil Coleção Vertentes, da Universidade Federal de Goiás com o livro *Caixa de Guardar Amor*. Em 2015 ganhou o Prêmio Juvenil da Universidade Federal do Espírito Santo com o livro de poemas *O coração range sob as estrelas*. Participou das Antologias de Poesia: *Amar Verbo Atemporal* – editora Rocco/2012; *Sete Vozes* – editora da Palavra/2004; e *Próximas Palavras*, editora da UERJ/2003, esta última organizada e com apresentação do poeta Ferreira Gullar.

LILIAN SAIS é doutora em Letras Clássicas. Fez a primeira tradução da tragédia *Reso*, de Eurípides, no Brasil, e foi a primeira mulher a publicar uma tradução de

Édipo Rei, de Sófocles, no país. Vive entre as salas de aula e a edição de livros. Escreve quando a potência vence a exaustão.

LINDEVANIA MARTINS é poeta, prosadora, pesquisadora, mestra em Cultura e Sociedade e defensora pública, atuando na defesa da mulher e população LGBT no Maranhão. Possui quatro livros publicados, além de contos e poemas em diversas revistas e antologias. Ama livros, café e tardes chuvosas.

LIZANDRA MAGON DE ALMEIDA é editora, jornalista, tradutora e poeta. É diretora editorial da Jandaíra e autora dos livros *A vida é sopa!* e *Poemas safados*.

LÚCIA SANTOS nasceu em Arari-MA. Publicou 4 livros de poesia: *Quase Azul Quanto Blue*, *Batom Vermelho*, *Uma Gueixa pra Bashô* e *Nu Frontal com Tarja*. Participou de várias coletâneas. Como letrista, tem inúmeras parcerias, algumas já gravadas. Morou em São Paulo durante 10 anos. Atualmente reside em São Luís.

MAÍRA FERREIRA nasceu no Rio de Janeiro, onde se formou em Letras e concluiu um mestrado em Teoria Literária pela UFRJ. Tem dois livros publicados: *A primeira morte* (Oficina Raquel, 2014) e *Esses dias que estamos vivendo há anos* (Urutau, 2019). Também publica textos em: instagram.com/mairacomacento

MARIA FIRMINA DOS REIS nasceu em São Luís do Maranhão, em 1822. Formou-se professora e exerceu, por muitos anos, o magistério, chegando a receber o título de "Mestra Régia". Ao se aposentar, no início da década de 1880, funda, na localidade de Maçaricó, a primeira escola mista e gratuita do Maranhão e uma das primeiras do país. A escritora trouxe a público narrativas como *Úrsula*, o primeiro romance escrito por uma mulher negra e publicado por uma abolicionista brasileira na América Latina e um volume de poemas intitulado *Cantos à beira mar*. Faleceu em 1917 no município de Guimarães--MA.

MARIA ISABEL IORIO nasceu no Rio de Janeiro, em 1992. Formada em Letras pela PUC-Rio, é poeta e artista visual. Lançou, em 2016, *Em que pensaria quando estivesse fugindo* (Editora Urutau), participa com poemas na antologia *Tente entender o que tento te dizer* (Bazar do Tempo), *Alto-mar* (7Letras), *Explosão Feminista*

(Companhia das Letras), *Que o dedo atravesse a cidade, que o dedo perfure os matadouros* (coletivo Palavra Sapata), *São Nossas As Notícias Que Daremos* (Movimento Respeita!) e *CAVAR UM BURACO NÃO VER O BURACO* (publicação independente com a pesquisa da peça que escreveu e dirigiu). É coidealizadora/fundadora do Movimento Respeita! – coalizão de poetas, coorganiza o Les/Bi/Trans/a Slam, para pessoas LBT.

MARIA LÚCIA DAL FARRA (1944, Botucatu) é poetisa (*Livro de Auras*, 1994; Livro de *Possuídos*, 2002; *Alumbramentos*, 2011 – Prêmio Jabuti 2012; *Terceto para o Fim dos Tempos*, 2017; *Alguns Poemas*, 2019); ficcionista (*Inquilina do Intervalo*, 2005); ensaísta.

MARIANA PAIM (BA) é poeta, professora, pesquisadora, militante feminista junto ao Coletivo de Empoderamento de Mulheres – FSA, co-mediadora do Leia Mulheres e co-produtora do Ciclo de Oficinas em Escrita Criativa em Feira de Santana. Publicou o livro artesanal *serei_as: ou ensaio de um mergulho no âncora.*

MARIANA QUEIROZ, natural de Cuiabá MT, poeta, psicanalista, trabalhadora do SUAS, tem mestrado em psicologia, no PPGP-UFSC, discutindo necropolítica na região metropolitana de Florianópolis, SC. Uma das organizadoras do Sarau Mulheragens de Desterro (Florianópolis, SC). Costureira de abismo através de retalhos de cidades, guerras cotidianas, silêncios, gemidos, delicadezas humanas, tempestades, enlace de pernas.

MARÍLIA FLOÔR KOSBY nasceu no extremo sul brasileiro, em 1984. É autora dos livros de poesia *Mugido* (2017, finalista do Prêmio Jabuti 2018) e *Os baobás do fim do mundo* (2011), e do ensaio de antropologia *Nós cultuamos todas as doçuras* (Prêmio Açorianos de Literatura 2016).

MICHELINY VERUNSCHK é autora de livros de poesia e prosa. Seu primeiro romance, *Nossa Teresa – vida e morte de uma santa suicida* (editora Patuá, 2014) foi agraciado com o Programa Petrobras Cultural e com Prêmio São Paulo de melhor livro de 2015. É mestre em Literatura e Crítica Literária e doutora em Comunicação e Semiótica pela PUC São Paulo. Foi membro de vários corpos de jurados de concursos literários brasileiros, entre eles o Prêmio Jabuti e o Prêmio Sesc de Literatura.

MIKA ANDRADE nasceu em Quixeramobim, Ceará, em 1990. Mudou-se para Fortaleza em 1995, onde reside até hoje. Tem dois livros publicados, *descompasso* (2016) e *poemas obsessivos* (2017), além de participações em antologias e zines. Organizou a antologia erótica de poetas cearenses *O Olho de Lilith* (Pólen, 2019). Colabora como cronista para o site Bora Cronicar.

NATALIA BORGES POLESSO é doutora em teoria da literatura, escritora e tradutora. Publicou Recortes para álbum de fotografia *sem gente* (2013), *Amora* (2015), *Controle* (2019) e *Corpos Secos* (2020), entre outros. Em 2017, foi selecionada para a lista Bogotá39.

NATASHA FELIX (Santos, 1996) é poeta, escritora e educadora. Em 2018, lançou pela Edições Macondo seu primeiro livro *Use o Alicate Agora*. Dentre as publicações, destaca-se o livro *9 poemas* (Las Hortensias, Argentina) e a coletânea de poetas negras contemporâneas, *Nossos Poemas Conjuram e Gritam* (Ed. Quelônio). A artista desenvolve trabalhos de performance e já participou de projetos como o Instrumental Poesia (Sesc Paulista), Black Poetry (Sesc Ipiranga) e Trovadores do Miocárdio (Balsa). Pesquisa as relações entre a poesia falada e as experimentações corporais e sonoras.

NINA RIZZI é escritora, tradutora, pesquisadora, professora e editora; promove o "escreva como uma mulher": laboratório de escrita criativa com mulheres. Autora de *tambores pra n'zinga, a duração do deserto, geografia dos ossos, quando vieres ver um banzo cor de fogo e sereia no copo d'água*. Integra a coletiva Pretarau: Sarau Das Pretas – e é uma das articuladoras do Sarau do B1 (Fortaleza/ CE).

PÂMELA FILIPINI (1994). A Solidão, a Morte e a Ternura são os pilares de seus escritos. Livros já publicados: o *FOLHAS DOS OSSOS* ou o *tratado das coisas insignificantes* (Patuá/SP, 2017), *Ensaio sobre a Geografia dos Cernes* (Portugal, 2017) e *Pôr a Prumo o Tempo* (RO, 2020).

PILAR BU (Sul do equador, 1983) é poeta, leoa, sereia e mãe felina de 4 gatos. Autora de *Bruxisma* (2019: Urutau) e *Ultraviolenta* (2017: Kotter), contribuiu em revistas eletrônicas e antologias. É mediadora do clube Leia Mulheres Osasco, fundadora e ex– mediadora do Leia Mulheres Goiânia. Doutoranda em Teoria Literária na Unicamp e Mestra em Estudos Literários pela UFG. É pesquisadora e professora de literatura contemporânea. Dá aulas de escrita criativa e atuou em grupos como D'versos e Núcleo.

RITA ISADORA PESSOA é uma escritora carioca. É doutora em Literatura Comparada e publicou em 2016 seu primeiro livro de poemas, *A vida nos vulcões*. Foi vencedora do Prêmio Cepe Nacional de Literatura de 2017 na categoria Poesia, com o livro *Mulher sob a influência de um Algoritmo*.

ROBERTA FERRAZ é autora do livro de contos literários *Desfiladeiro* (SP: Ed. Nativa, 2003); do livro de poesia lacrimatórios, *enócoas* (RJ: Oficina Raquel, 2009), vencedor do Prêmio Nascente (USP) de 2007; *Dioniso e Ariadne* (SP: edição da autora, 2010); *fio, fenda, falésia* (SP: Edição das autoras, 2010), escrito em parceria com Érica Zíngano e Renata Huber, com apoio do ProAc 2009 Secretaria da Cultura do Estado de SP; e ainda, *desfiladeiro* (RJ: Oficina Raquel, 2011), reedição transformada e retrabalhada do antigo livro de contos de mesmo nome, lançado em 2003, e, finalmente, de *Saturação de Saturno* (RJ: Oficina Raquel, 2013).

SANDRA REGINA é paulistana, poeta, autora de *o texto sentido* (2008), *haicaos* (2012), em parceria com Múcio Góes, ambos publicados pela Limiar, e *Visita íntima* (2015), pela Reformatório. Editora fundadora da Feminas, para autoras.

SARA SÍNTIQUE é escritora, atriz e professora. Autora dos livros *ÁGUA ou testamento lírico a dias escassos* (Ellenismos, 2019) e *Corpo Nulo* (Substânsia, 2015). Tem textos publicados na antologia *O olho de Lilith* (Ferina, 2019), na CULT Antologia Poética nº 2 (REVISTA CULT, nov. 2019) e em diversas revistas. É mestra em Literatura Comparada pela Universidade Federal do Ceará (UFC), onde também se graduou em Letras Português – Francês.

SIMONE BRANTES nasceu em Nova Friburgo em 1963. É mestre em Filosofia e Doutora em Letras pela Universidade Federal do Rio de Janeiro. Autora de três livros de poemas publicados pela editora 7Letras: *Pastilhas brancas* (1999), *O caminho de Suam* (2002) e *Quase todas as noites* (2016). Publicou poemas e traduções de poesia em jornais e revistas como O Globo, Inimigo Rumor, Poesia sempre, Meteöro, Revista Cult, Polichinello, Revista Piauí, Action Poétique, Lyrikvännen e Nuovi Argomenti. Participou de algumas antologias como *A poesia andando: treze poetas no Brasil* (Lisboa/Cotovia) e *Roteiro da poesia brasileira. Anos 90* (São Paulo/Global) e *Simultâneos pulsando – uma antologia da poesia fescenina brasileira* (São Paulo: Corsário-Satã) e *O nervo do Poema. Antologia para Orides Fontela* (Relicário). Publicou em 2019 o volume Rose Ausländer na coleção *Ciranda de poesia* (Eduerj/Editora UFPR).

SOFIA MATHIAS é poeta de alma, descobriu-se escritora em um momento de dor e reclusão. As palavras trouxeram respostas para suas indagações. Autora de três livros de poemas, *De Corpos e Almas e De Choros e Luas*, além de coautora do livro *Da Janela*. Fez parte de uma antologia de poemas pela editora Chiado e teve seu primeiro livro prefaciado pelo escritor Jorge Amado, pelo qual recebeu o prêmio da APCA de Revelação em Literatura. Hoje, ministra cursos de Escrita Criativa na FUNCADI e pelo Instagram @escrevarte.sp, juntamente com Ana Maria Mello.

TAÍS BRAVO é escritora e uma das criadoras da iniciativa Mulheres que Escrevem. Vinculada ao Programa de Pós-Graduação em Ciência da Literatura da UFRJ, desde 2018 pesquisa poesia brasileira contemporânea escrita por mulheres. É autora de *Sobre as linhas extintas* (Editora Urutau, 2018), *Houve um ano chamado 2018* (Macondo Edições, 2019) e *Ato para desembrulhar o vício* (7 Letras, 2019).

TATIANA PEQUENO nasceu em 1979, no Rio de Janeiro. Tem dois livros publicados: *réplica das urtigas* (2009) e *Aceno* (2014), ambos pela Oficina Raquel. Trabalha como professora de literatura na Universidade Federal Fluminense, onde coordena grupo de pesquisa sobre a relação entre corpo, gênero, sexualidades e as literaturas de língua portuguesa.

THALITA COELHO é autora de *Terra molhada* (Patuá, 2018) e *Desmemória* (Pólen, 2020); doutoranda em Teoria Literária, na linha de pesquisa de Crítica Feminista, pela UFSC. Ocupa um importante lugar na literatura lésbica através de seus textos que narram o íntimo de mulheres que amam mulheres.

YASMIN NIGRI nasceu no Rio de Janeiro, em 1990. Poeta, artista visual e ensaísta, graduou-se em filosofia pela Universidade Federal Fluminense (2013) e, na mesma universidade, fez mestrado em Estética e Filosofia da Arte (2017). É co-fundadora e integrante do coletivo de artes Disk Musa e colaboradora da Revista Caliban (https://revistacaliban.net/). Desde 2017 tem um canal no youtube chamado Alokadostutoriais, onde posta seus vídeo-poemas e outros experimentos. Dedica-se à poesia desde 2015, tendo sido publicada em diversas revistas no Brasil e em Portugal. Sua primeira participação em livro foi na antologia *50 poemas de revolta* (Companhia das Letras, 2017). *Bigornas* é seu livro de estreia.

Impresso em julho de 2020.
Que este livro dure até antes do fim do mundo.